Joseph Stanger

Ueber Umarbeitung einiger Aristophanischen Komödien

Joseph Stanger

Ueber Umarbeitung einiger Aristophanischen Komödien

ISBN/EAN: 9783743348295

Hergestellt in Europa, USA, Kanada, Australien, Japan

Cover: Foto ©Andreas Hilbeck / pixelio.de

Manufactured and distributed by brebook publishing software (www.brebook.com)

Joseph Stanger

Ueber Umarbeitung einiger Aristophanischen Komödien

Ueber Umarbeitung

einiger

Aristophanischen Komödien

von

Dr. Joseph Stanger.

Leipzig,
Druck und Verlag von B. G. Teubner.
1870.

Dass die griechischen dramatischen Dichter ihre Stücke zuweilen zum zweiten Male auf die Bühne gebracht haben, ist bekannt genug. Die Anlässe dazu konnten verschieden sein. In der Regel war es wohl der günstige Ausfall des dramatischen Schiedsgerichtes, was dem Verfasser den Gedanken der Wiederholung eingab. Ein Rückschluss von dem Faktum der Wiederaufführung auf den Wert der Dichtung oder deren Wertschäzung seitens der Zeitgenossen dürfte daher in den meisten Fällen das Richtige treffen. Von den Fröschen des Aristophanes z. B. wissen wir, dass sie auf ausdrückliches Verlangen der Zuhörerschaft, welche der glänzenden Leistung auch den ersten Preis zuerkannte, nochmals gegeben worden sind. Indes auch der umgekehrte Fall kam vor, dass ein Dichter ungeachtet eines entschiedenen Misserfolges bei der erstmaligen Aufführung eines Dramas es mit der Wiederholung desselben versuchte. Dies traf ein mit den Wolken des Aristophanes: diese Komödie hatte trotz ihrer eminenten Vorzüge nur den dritten Preis erhalten können, was einer Niederlage so ziemlich gleichkam. Der Dichter bereitet eine zweite Aufführung vor und versichert in der zu diesem Endzwecke umgedichteten Parabase den Zuhörern und Preisrichtern, niemals sei ein besseres Stück in den dramatischen Agon eingetreten: die Athener, sonst so vernünftige Leute, hätten es nur nicht recht verstanden und zu würdigen gewusst. Er betheuert dies beim Dionysos, dem Schutzherrn seiner Kunst. Auch in den Wespen ist ein Nachgrollen des in seinen Erwartungen getäuschten und in seinem Ehrgefühle gekränkten Dichters zu bemerken. Ein anderes Beispiel bietet die Medea des Euripides; der erste Erfolg war ein wenig günstiger gewesen: das Stück hatte in Verbindung mit den drei anderen zur Tetralogie gehörigen Dramen Philoctet, Dictys und dem Satyrspiel Θερισταί den dritten Preis bekommen. Die Tragödie erlebte aber eine Wiederholung, bei welcher Gelegenheit die treffliche, besonders in Ansehung der pathologischen Entwicklung meisterhafte Dichtung ohne Zweifel zu Ehren gekommen sein wird. Dergleichen Stücke nun, welche zum zweiten Male den dramatischen Wettkampf aufnahmen, wurden nicht einfach wiederholt, sondern zuvor einer Um- und Ueberarbeitung unterzogen. Wie es scheint, kam man damit einer Neigung der Athener, die nicht gern Altes, schon Gesehenes wiedersahen, sondern sich mit Vorliebe neuen Erscheinungen, besonders auf dem Gebiete theatralischer Aufführungen zuwandten, entgegen. Ein solches Umbilden eines Stückes zu dem angegebenen Zwecke hiess man δρᾶμα διασκευάζειν, ἐπιδιασκευάζειν (fabulam corrigere Quinctil. X, 1. fabulam retractare et expolire Gellius III, 3). Die Reform war aber nicht eine totale, sondern nur particle (ἐπὶ μέρους). Mit Beibehaltung des eigentlichen Kernes der Dichtung bezog sich die Abänderung wohl nur auf einzelne Teile der Ausführung, in der Art, dass man einzelne Scenen weiter ausführte, andere auslöste oder einsetzte, auch wohl einen Charakter oder ein anziehendes Motiv hinzudichtete und so der Oekonomie eines Stückes ein verändertes Aussehen gab. Wir citiren Galen. ad Hippocrat. de salubri diait. XV p. 424 Kühn. ἐπιδιεσκευάσθαι λέγεται βιβλίον ἐπὶ τῷ προτέρῳ γεγραμμένῳ τὸ δεύτερον γραφέν, ὅταν τὴν ὑπόθεσιν ἔχον τὴν αὐτὴν καὶ τὰς πλείστους τῶν ῥήσεων τὰς αὐτάς, τινὰ μὲν ἀφῃρημένα τῶν ἐκ τοῦ προτέρου συγγράμματος ἔχῃ, τινὰ δὲ προσκείμενα, τινὰ δὲ ὑπηλλαγμένα. Wir können dieses Verfahren an einem praktischen Falle nachweisen, an dem Unterschiede der ersten und zweiten Wolken. Der Verfasser des sechsten Arguments gibt diesen dahin an, dass ausser der Parabase, deren Neubildung sich von selbst verstand, auch noch die Scene, wo die beiden Logoi, der gerechte und der ungerechte, auftreten, ganz neu geschaffen sei, ebenso dass die Schlussscene eine wesentliche Umbildung erfahren habe. Die Fälle, dass dramatische Werke zum Behufe einer zweiten Aufführung umgearbeitet wurden, scheinen nicht selten gewesen zu sein. Da ein solches Stück ganz die Rechte und Ansprüche eines neuen hatte, so erklärt es sich, dass die Dichter sich nicht ungern zur Vornahme derartiger Arbeiten herbeiliessen. Wären die Didaskalien des Aristoteles erhalten, so wären wir in der Lage, von der Ausdehnung dieses Usus die richtige Vorstellung uns zu verschaffen. Indess sind hierüber doch noch einige Notizen auf uns gekommen, deren Quelle sicherlich keine andere als das ebengenannte Werk des Philosophen ist. Um mit der Tragödie den Anfang zu machen, so wissen wir, dass Sophokles den Thyestes, den Phineus, die Tyro, die Lemnierinen zum anderen Male auf die Bühne gebracht hat. Von den Dramen des Euripides sind zu nennen die schon vorher angeführte Medea, der Hippolytus, Phrixus, die Aulische Iphigenie, die Bacchen, das Satyrdrama Autolycus und der Alcmaeon. Letztere drei Stücke wurden erst nach dem Tode des Dichters im Jahre der Frösche (405) gegeben: ihre Diaskeuase ist ein Werk des jüngeren Euripides. Was den ebengenannten Alcmaeon betrifft, so liegt zwischen der ersten und zweiten Aufführung der bedeutende Zeitraum von 20 Jahren. Letztere fand Statt im Jahre 405, erstere aber muss noch vor den Rittern des Aristophanes (424) angesetzt werden, weil in dieser Komödie bereits eine Stelle dieses Stückes parodirt ist. v. 1299. Solche Fälle, für die auch in der Komödie sich ein Analogon findet (Plutus I = 408: Plutus II = 388), mögen indes die Ausnahme gebildet haben. Zumal bei solchen Stücken, die bei der ersten Aufführung Glück gemacht hatten, lag es im Interesse des Dichters, die günstige Stimmung des Publikums, solange dieselbe anhielt, sich zu Nutzen zu machen und als günstigen Fahrwind für das zweite Unternehmen zu verwerten.

Wenden wir uns nun der Komödie zu. Auch hier fehlt es nicht an Nachrichten über zweite Bearbeitungen und Aufführungen. Um mit Aristophanes noch eine Weile zurückzuhalten, so haben wir als hieher gehörig anzuführen den Autolycus des Eupolis, der von dem oben citirten Galenus als Musterbeispiel einer Diaskeuase bezeichnet wird: παράδειγμα δ' εἰ βούλει τούτου cαφηνείαc ἕνεκα τὸν δεύτερον Αὐτόλυκον Εὐπόλιδοc ἔχειc ἐκ τοῦ προτέρου διεcκευαcμένον, den Amphitryo des Archippus, den Phrygier des Alexis, von Menander die Brüder und den Epiclerus, die Damalis des Eubulus und des Diphilus Synoris. Es ist zu bemerken, dass auch in der dorisch-sikulischen Komödie dasselbe Herkommen bestand: Epicharmus hat sein Stück „die Hochzeit der Hebe" umgeschrieben und unter verändertem Namen — es hiess alsdann die „Musen" — wiedergegeben. Wir haben uns den Aristophanes absichtlich auf den Schluss verspart, um so einen bequemeren Uebergang zu dem eigentlichen Gegenstand dieser Abhandlung zu gewinnen, die sich mit der Frage der Diaskeuase einiger bekannter Komödien beschäftigen wird. Wir wissen, dass die Thesmophoriazusen, der Plutus und der Aiolosicon in der Form der Diaskeuase wiederholt worden sind: hierüber haben wir bestimmte Zeugnisse. Mit den Wolken wurde eine Umbildung versucht, aber aus Gründen, von deren Besprechung hier abzusehen ist, wieder fallen gelassen. Von den Fröschen ist überliefert, dass dieselben wiederholt worden sind. Haben wir auch hier eine Diaskeuase anzunehmen? Diese Frage wird den Gegenstand der ersten Untersuchung bilden. An diese werden sich zwei andere über den Frieden und die Wespen anreihen.

I.

Die Frösche.

Die Frösche wurden aufgeführt unter dem Archon Kallias, dem Nachfolger des Antigenes, im Jahre 405. Das Stück erhielt den ersten Preis gegen Phrynichos, der mit seinen Musen die zweite Auszeichnung davontrug. Des Plato Kleophon erhielt den dritten Preis. Laut Angabe des Biographen wurde der Dichter mit dem Zweige vom heiligen Oelbaume geschmückt, eine Ehre, die der Erteilung des goldenen Kranzes gleichkam (ὃc νενόμιcται ἰcότιμοc χρυcῷ cτεφάνῳ) und nur äusserst selten und für das höchste Bürgerverdienst (Thrasybulus wurde nach seiner Rückkehr so ausgezeichnet) verabreicht wurde. Argument I und II enthalten folgenden hochwichtigen Zusatz: οὕτω δὲ ἐθαυμάcθη τὸ δρᾶμα διὰ τὴν ἐν αὐτῷ παράβαcιν ὥcτε καὶ ἀνεδιδάχθη, ὥc φηcι Δικαίαρχοc. Wir erfahren also, dass die Frösche eine Wiederholung erlebten und zwar, wie dies ausdrücklich hervorgehoben wird, wegen der Parabase. Die Nachricht hat ohne Zweifel die Didascalien des Aristoteles zur Quelle, dessen Schüler der Messenier Dicaearch war. Es drängt sich nun die Frage auf, in welcher Form wir uns die Wiederholung zu denken haben; ist das Stück in unveränderter Gestalt abermals über die Bühne gegangen oder hat es eine Diaskeuase erfahren? Dann in welcher Zeit ist die Wiederholung vorgenommen worden? Hören wir erst in Betreff des Hauptpunktes die laut gewordenen Meinungen.

Boeckh, de Graecae tragoediae principibus pag. 22: *Ranae secundum argumenti scriptorem bis datae dubito vel maxime an correctae sint.* Dindorf, Aristoph. fragment. pag. 24: *alteram Ranarum editionem, quippe a priore non diversam.* Ranke, Vita Aristoph. p. 282: *Admiratione dramatis ducti repeti illud iusserunt et iterum in scenam committi. Qua ex re nullam esse mutationem, nedum correctionem recte colligitur.* (Diese Schlussfolgerung wird wohl schwerlich jemand überzeugen.) Fritzsche, quaestiones Aristophaneae pag. 112: *Aristophanes, qui Ranas tantum bis dedit nihil vel paullum aliquid mutatas, iussus scilicet eandem repetere et vero etiam ut postridie eius diei plane coactus.* (Diese Nötigung, das Stück den Tag darauf zu wiederholen, ist durch kein Zeugniss begründet, vielmehr Fritzsches eigene Erfindung.) In dem Kommentare zu den Fröschen S. 438 hat Fritzsche diese Ansicht wiederholt. Auch Richter in den Prolegomena zu den Wespen ist derselben Meinung, wenn er die Wiederholung des Stückes für den folgenden Tag ansetzt, wodurch selbstverständlich der Gedanke an eine Ueberarbeitung ausgeschlossen ist. Wir sehen also, die Urteile der Gelehrten lauten auf Wiederholung des Stückes in der ursprünglichen Form. Bernhardy ist unsers Wissens der einzige gewesen, der von einer Diaskeuase der Komödie gesprochen hat (griech. Literaturgeschichte II S. 664 und 944), ohne dass jedoch die nähere Begründung dieser Behauptung von ihm gegeben worden wäre. Bernhardy hat das Richtige getroffen; zu dieser Erkenntniss werden wir auf dem Wege nachstehender Untersuchung gelangen.

Wir beginnen mit einer allgemeinen Betrachtung über Wiederholungen dramatischer Werke. Ist es überhaupt wahrscheinlich, dass ein Drama in der primitiven Form zur Wiederaufführung gelangte? Wir lassen hierüber Böckh sprechen, der in erschöpfender Weise sich über diesen Punkt ausgelassen hat (a. a. O. S. 23): — *affirmaverim, nullam temere fabulam a bono poeta iterum productam esse, nisi forte una et altera postulante populo, quod Ranis videtur contigisse.*

Nam ut nihil dicam de studio emendandi, Graecae aures aliquid semper appetebant novi*) *et si quis denuo de praemio dimicare publice volebat, nova afferre debebat, ne res indicata iterum indicaretur.* Dies ist bündig und überzeugend: die Vorliebe der Athener für neue Leistungen war schon der Wiederholung alter Stücke in unveränderter Gestalt ungünstig und die Umstände der Aufführung — es war ein dramatischer Agon — lassen ebenfalls auf ein Auftreten mit wenigstens teilweise veränderten Stücken schliessen. Nur mit den Fröschen ist Böckh geneigt einen Ausnahmsfall anzunehmen, wozu ihn weniger der Punkt veranlasst haben kann, dass die Komödie auf des Volkes Geheiss wiedergegeben wurde — denn man sieht nicht ab, warum aus diesem Grunde die Vornahme einer Korrektion habe unterbleiben müssen, — als die Supposition, die geforderte Wiederholung müsse innerhalb derselben Festfeier erfolgt sein, also etwa, wie Fritzsche und Richter annehmen, am darauffolgenden Tage. Aber nichts nötigt uns, die Wiederholung des Dramas nicht über jene Festzeit hinaus auf eine spätere zu verlegen, wodurch denn auch der Grund für eine Ausnahmsstellung der Frösche hinweg- und das Stück unter dieselben Gesichtspunkte fällt, wie alle die übrigen. Man beachte übrigens in der Böckh'schen Auseinandersetzung das schwankende *videtur*, welches deutlich zeigt, dass der grosse Gelehrte hinsichtlich der Frösche nicht das letzte Wort gesprochen haben wollte; etwas entschiedener ist schon die oben gleichfalls angeführte Bemerkung „*dubito vel maxime an correctae sint*", obwohl auch hier die Form des Zweifels gewählt ist.

Es gibt übrigens noch ein zweites indirektes Zeugniss für die Diaskeuase der Frösche und dieses ist folgendes: Aristophanes rühmt sich in der Parabase der Wolken, dass er niemals seine Landsleute mit denselben Gerichten bewirte,

---

*) In der Apostelgeschichte heisst es: Ἀθηναῖοι δὲ πάντες εἰς οὐδὲν ἕτερον ηὐκαίρουν ἢ λέγειν τι ἢ ἀκούειν καινότερον.

sondern für wohlthuenden Wechsel zu sorgen wisse. Die Stelle lautet v. 546:

οὐδ᾽ ὑμᾶς ζητῶ 'ξαπατᾶν δὶς καὶ τρὶς ταῦτ᾽ εἰσάγων,
ἀλλ᾽ ἀεὶ καινὰς ἰδέας εἰσφέρων σοφίζομαι,
οὐδὲν ἀλλήλαις ὁμοίας καὶ πάσας δεξιάς.

Man darf ohne Bedenken die Behauptung aufstellen, dass die von dem Dichter geltend gemachte Mannigfaltigkeit der poetischen Ideen sich ebenso gut auf wiederholte, als auf ganz neue Stücke beziehe, weil ja sonst das Lob, das Aristophanes sich selber zollt, nur die halbe Wahrheit für sich hätte. Den Einwand, der Dichter habe hier sein eigenes Verdienst in prahlerischer Weise auf Unkosten seiner Nebenbuhler betont, um sich bei dem Publikum in Gunst zu setzen und seine Mitbewerber um den Ehrenpreis in dem poetischen Agon herabzudrücken, lassen wir nicht gelten, desswegen nicht, weil ein näheres Eingehen auf die ganze Stelle zeigt, dass auch die übrigen von Aristophanes allerdings mit starkem Selbstgefühl hervorgehobenen Vorzüge seiner Dichtungsweise sämtlich der Wahrheit gemäss und von der Art sind, dass der Dichter berechtigt war, sich derselben zu rühmen. Es liegt kein Grund zu der Annahme vor, der Dichter sei zur Zeit der Frösche seinen vor fünfzehn Jahren aufgestellten Grundsätzen untreu geworden. Wir gehen sofort von diesen allgemeinen Betrachtungen zu der Vorlage bestimmterer Zeugnisse über.*)

---

*) Als ein solches möchte auf den ersten Blick eine Stelle im Argument zu Sophocles Oedip. Col. erscheinen, wo es heisst: σαφὲς δὲ τοῦτ᾽ ἔστιν ἐξ ὧν ὁ μὲν Ἀριστοφάνης ἐν τοῖς Βατράχοις ἐπὶ Καλλίου ἀνάγει τοὺς τραγικοὺς ὑπὲρ γῆς. Man vermutet auf der Stelle, die tragischen Dichter seien in der Komödie auf ähnliche Weise auf die Oberwelt berufen worden, wie die alten Staatsmänner und Heerführer Solon, Miltiades, Cimon, Pericles in den Demen des Eupolis. Indes wäre diese Rechnung falsch. Schon Elmsley hat zu Oed. Col. pag. 84 darauf aufmerksam gemacht, dass hier eine Verwechslung mit dem ebengenannten Stücke des Eupolis vorliegen müsse, und dies ist um so wahrscheinlicher, als die eigentliche Lesart nicht τραγικούς, sondern στρατηγούς ist. Der Meinung Elmsleys sind auch Dindorf, Aristoph. frg. pag. 30, und Wagner, de Ranis p. 12 beigetreten.

I. DIE FRÖSCHE.

Beim Scholiasten zu Plat. Apolog. Bekker p. 330 findet sich die Notiz: Μέλητος δὲ τραγῳδίας φαῦλος ποιητής, Θρᾷξ γένος, ὡς Ἀριστοφάνης Βατράχοις. Von dem Dichter Meletos, dem bekannten Ankläger des Socrates, ist allerdings in unserem Stücke die Rede: Aeschylus vergleicht mit dessen Scolien die Poesie des Euripides. Aber davon, dass derselbe mit der entehrenden Bezeichnung Θρᾷξ, bekanntlich ein Sklavenname, gebrandmarkt wurde, findet sich nirgends eine Spur. Dies muss auffallen, und wenn auch dieses Faktum für sich allein zu keiner Schlussfolgerung berechtigt, weil ja ein Irrtum des Scholiasten möglich oder die betreffende Stelle auch verloren gegangen sein kann, so ist doch dasselbe im Vereine mit dem Nachfolgenden von einigem Gewichte.

Zu ähnlichen Bemerkungen berechtigt uns eine Stelle bei Athenaeus I, 22 F:

τοὺς Φρύγας οἶδα θεωρῶν
ὅτε τῷ Πριάμῳ cυλλυcόμενοι τὸν παῖδ᾽ ἦλθον τεθνεῶτα,
πολλὰ τοιαυτὶ καὶ τοιαυτὶ καὶ δεῦρο cχηματίcαντες.

Welcker Aeschyleische Trilogie S. 426 hat in diesen Versen ein Bruchstück aus den Fröschen erkannt und als der zweiten Aufführung hinzugedichtet erklärt. Es lässt sich nicht in Abrede stellen, dass diese Konjektur viel Ansprechendes hat; auch ist es nicht schwer, die Stelle anzugeben, wo diese Verse gestanden haben mögen: es ist dies um v. 1028 herum, wo Dionysos die Bewegungen eines Aeschyleischen Chores parodirt:

ἐχάρην γοῦν ἡνίκ᾽ ἰὰν ἤκους᾽ ἀπὸ Δαρείου τεθνεῶτος,
ὁ χορὸς δ᾽ εὐθὺς τὼ χεῖρ᾽ ὡδὶ cυγκρούcας εἶπεν ἰαυοῖ.

Zwischen beiden Stellen besteht eine auffallende innere Verwandtschaft, so dass die Vermutung, sie möchten zusammengehören, begründet ist. Dindorfs Einrede (Aristoph. frg. p. 25), dass die Verse nicht den Fröschen des Aristophanes, sondern den Κραπάταλοι des Pherecrates angehören, hat uns nicht überzeugt.

Wir haben bisher nur von zwei Stellen gesprochen, die mutmasslich dem Stücke angehörten, in der erhaltenen Komödie aber nicht vorhanden sind. Zu umfassenderen Ergebnissen aber gelangen wir, wenn wir die innere Verfassung des Stückes einer Analyse unterziehen. Da muss es denn vor allem auffallen, dass das Drama sich genau genommen in zwei grosse Hälften zerlegen lässt, von denen jede die Geltung eines selbstständigen Ganzen in Anspruch nehmen kann und zwischen denen ein vermittelndes Glied fehlt. In der ersten Abteilung ist die κάθοδος des Dionysos behandelt, die zweite beschäftigt sich mit dem Dichterstreite. Offenbar soll der erste Teil nichts anderes sein, als der Prologus zum zweiten, er ist aber so in die Breite gearbeitet, dass er aus dem organischen Verhältnisse ganz heraustritt und das Interesse in gleichem Masse beansprucht, wie das eigentliche Sujet des Stückes. Noch auffallender aber ist das Fehlen einer entsprechenden Verbindung der beiden grossen Halbscheiden, die mehr nebeneinander bestehen, als dass sie künstlerisch in einander verschlungen und verwachsen wären. Man erwäge: Dionysos hat sich nach der ergebnisslosen Folterscene wegbegeben, um sich den Gottheiten der Unterwelt vorzustellen und von diesen sich als Gott beglaubigen zu lassen, ein Einfall, von dem er nur bedauert, dass er ihm nicht schon gleich anfangs in den Sinn gekommen ist. Nun folgt die Parabase, und auf diese eine Scene von mässigem Umfange, in welcher wir aus den Mitteilungen des Aeacus an den Xanthias die Zwischenvorfälle im Hades und die Zurüstungen zur Abhaltung eines dramatischen Schiedsgerichts erfahren, worauf dann nach Einlage eines kurzen, aber meisterhaften Chorliedes gleich der Wettkampf selber beginnt. Hier ist ein Sprung und noch dazu ein gewaltiger. Wie im Handumdrehen sind wir aus der ersten Hälfte des Stückes in die zweite versetzt, aus der Einleitung in die Haupthandlung, und von den Zwischenvorgängen bekommen wir einen mageren Bericht, während man doch erwarten durfte, dass dies auf der Bühne dargestellt sein und im dramatischen Spiele zur lebendigen Anschauung kommen werde. Nehmen wir einen Augenblick an, dass wir von der Entwicklung des Stückes nichts wüssten, wie denken wir wohl, dass der weitere Verlauf der Handlung sich gestaltet haben müsste zufolge den gegebenen Prämissen. Dionysos hat am Schlusse der Prügelscene erklärt, sich zu Pluto begeben zu wollen: bei diesem, vermuten wir, wird er nun erscheinen, wird sich eines gastlichen Empfanges zu erfreuen haben, der ihn für die erlittenen Unfälle schadlos halten mag, wird dann den Grund seines Kommens auseinandersetzen, dass er den Euripides auf die Oberwelt heraufnehmen wolle, Pluto wird sich zur Erfüllung dieses Wunsches bereit erklärt und die Voranstalten zu einem Dichteragon getroffen haben. Dies ist es, was man nach der ganzen Anlage und Einleitung des Stückes erwarten muss. Anstatt dessen müssen wir mit einigen mündlichen Andeutungen über das im Hause des Pluto Geschehene vorlieb nehmen, es ist also ein guter Teil der Handlung uns entzogen und, um mich eines modernen Ausdruckes zu bedienen, hinter die Culissen verlegt. Dies kann um so weniger befriedigen, wenn man sich mit dem Organismus der übrigen Aristophanischen Schöpfungen vertraut gemacht und davon Einsicht gewonnen hat, wie bei unserem Dichter das künstlerische Gesetz vorwaltet, dass ein Teil der Dichtung aus dem andern in notwendiger Folge herauswächst und alle Sprünge und unvermittelten Uebergänge vermieden sind. Einen solchen schroffen Uebergang aber haben wir hier, der sich auch darin äussert, dass die Person des Dionysos, die bis zum Eintritt der Parabase das Hauptinteresse erregt hatte, mit dem Eintritte der zweiten Hälfte plötzlich zurücktritt, ein Verhältniss, das zwar die Handlung des zweiten Teiles mit sich bringt, das aber gleichwohl befremdet, weil es vom Dichter nicht eingeleitet und vorbereitet ist. Alle diese Umstände lassen den Verdacht aufkommen, ob denn die Mittelscene nicht ursprünglich ein anderes Aussehen gehabt habe. Es kommen viele Umstände zusammen, um diese Vermutung zur Gewissheit zu erheben.

Einen schlagenden Beweis dafür finden wir in der Angabe der dritten Hypothesis, die also lautet: εἶτα ὡς Ἡρακλῆς εἰςελθὼν καὶ μεταξὺ πολλῶν τούτῳ ςυμβάντων παραγίνεται πρὸς Πλούτωνα καὶ ὅτου χάριν ἧκεν εἰπὼν ἔςχεν ὑπακούοντα Πλούτωνα, οὐχ᾽ ἵν᾽ Εὐριπίδην ἀγάγῃ, ἀλλ᾽ ἵν᾽ ἀγωνιςαμένων Αἰςχύλου καὶ Εὐριπίδου, ὅςτις τούτων ἄριςτος τὰ εἰς τέχνην φανείη τοῦτον αὐτὸς εἰληφὼς ἀνενέγκῃ πρὸς βίον. Der Verfasser des Arguments hebt also genau dieselben Momente der Handlung hervor, deren Vorführung wir eben auf dem Wege einer einfachen Betrachtung als dramatisch notwendig erkannt haben. Dies ist ein bedeutender Fingerzeig. Man sage nicht, diese Stelle in der Hypothesis, die noch durch eine andere im vierten Argument eine Ergänzung erhält „Διόνυςος ξενίζεται Περςεφόνῃ καὶ Πλούτωνι“, beziehe sich auf die mündlichen Mitteilungen, die Aeacus dem Sklaven Xanthias macht, wodurch letzterer und mit ihm das Publikum von den Vorfällen im Hades unterrichtet werden. Denn abgesehen davon, dass in diesem Dialog nicht alle die bezeichneten Punkte hervorgehoben werden, z. B. nicht die Bewirtung des Dionysos und seine Unterredung mit Pluto, sind die Angaben der Hypothesis mit solcher Bestimmtheit abgefasst, dass man sie unmöglich als etwas anderes, denn als ein genaues Excerpt der wirklichen Handlung ansehen kann, und macht die ganze Notiz den Eindruck, dass sie auf thatsächlich im Drama Vorkommendes, nicht aber auf den Inhalt einer Berichterstattung Bezug nimmt. Mit Letzterem haben es überhaupt nicht die Argumente zu thun, deren Zweck und Absicht darin besteht, die Hauptmomente der dramatischen Handlung in gedrängter Fassung zur übersichtlichen Mitteilung zu bringen. Aus diesem Grunde darf diese Notiz die Geltung eines vollen Zeugnisses beanspruchen, und ist diese Stelle ein Beweis dafür, dass in der ersten Gestalt der Frösche die bezeichnete Mittelscene müsse anders beschaffen gewesen sein. Dass dem in der That so ist, dafür lässt sich ein noch schlagenderer Beweis beibringen. Wir entnehmen denselben aus v. 1469 und schicken des Zusammenhanges wegen einige einleitende

Worte vorauf: die Handlung ist an dieser Stelle auf dem Punkte angekommen, dass nach Abhörung der von den beiden Dichtern gegebenen Proben ihrer Poesie und nachdem auf der Wage gleichsam das specifische Gewicht derselben ermittelt worden ist, wobei Euripides entschieden den Kürzeren gezogen hat, Dionysos auf die Aufforderung des Pluto hin sich zur Fällung eines schiedsrichterlichen Spruches fertig macht. In diesem entscheidenden Augenblicke wendet sich Euripides, der alle Minen springen lässt, um als der erwählte Dichter in seine Vaterstadt hinaufgeführt zu werden, an Dionysos und gemahnt ihn im Tone feierlicher Beschwörung an den Eid, den er ihm geleistet habe, dass er nur ihn und keinen anderen auf die Oberwelt hinaufführen werde. Die Verse lauten:

μεμνημένος νυν τῶν θεῶν οὓς ὤμοσας
ἦ μὴν ἀπάξειν μ' οἴκαδ', αἱροῦ τοὺς φίλους

Nun ist aber — und das ist gewiss von der höchsten Wichtigkeit — im ganzen Stücke von einem solchen Schwur des Dionysos nichts zu finden. Noch auffallender aber ist der Umstand, dass sich auch nicht einmal annähernd eine Scene oder auch nur eine Stelle bezeichnen lässt, wo von solchen Dingen hätte die Rede sein können. Denn da, wo Dionysos wieder auftritt — es ist dies v. 830 der Fall — ist auch schon der Streit zwischen Aeschylus und Euripides im vollen Gange und nachher ergibt sich nirgends mehr eine Gelegenheit zu einer solchen Abmachung zwischen dem Gott und dem Dichter. Wenn irgend etwas, so muss dieser Umstand die Richtigkeit unserer Hypothese darthun. Die Gemahnung des Euripides an ein ihm von Dionysos gegebenes eidliches Versprechen weist mit Notwendigkeit auf einen Dialog zwischen den beiden hin, und wo sollte diese Scene anders gestanden haben, als vor der Eröffnung des dramatischen Wettkampfes? Damit kommen wir aber zu derselben Annahme, zu der uns eine allgemeine Berechnung und dann die Angaben der Argumente geführt haben, dass die dramatische Oekonomie in der Mittelgruppe des Stückes ursprünglich eine andere müsse gewesen sein. Es komme Niemand mit dem Einwand, von einem Versprechen des Dionysos sei nur desshalb die Rede, damit der Dichter Gelegenheit zu dem einschlagenden Witze: ἡ γλῶσσ' ὀμώμοκ', ἡ δὲ φρὴν ἀνώμοτος bekomme, eine Annahme, die jeder Kenner des Aristophanes als einen gründlichen Irrtum bei Seite weisen wird. Unser Dichter bricht niemals seine Witze vom Zaun und niemals hat er um eines scherzhaften Einfalls willen die Rücksicht auf den Zusammenhang unbeachtet gelassen. Ebensowenig kann man die Auskunft Seeger's, der in der Anmerkung zu dieser Stelle sagt S. 231: „Dies ist hinter der Scene im Palast des Pluto geschehen" gelten lassen. So schlecht hat Aristophanes, an dem insbesondere die sorgfältige Motivirung im Grossen und im Kleinen rühmend hervorzuheben ist, nicht gedichtet, dass er auf etwas im Stücke thatsächlich nicht Vorhandenes zurückwiese. Eine Aristophanische Komödie ist ein nach den Gesetzen strenger Gliederung angelegtes Kunstwerk und da gibt es nichts Zufälliges und Zusammenhangloses, sondern steht alles im Verhältniss einer natürlichen Aufeinanderfolge. Uebrigens hat Seeger den eigentlichen Sachverhalt geahnt. Wir werden in der That durch die Hindeutung von v. 1469 auf etwas verwiesen, was im Palast des Pluto sich begeben haben muss, aber nur ist der Unterschied der, dass diese Handlung nicht hinter, sondern auf der Bühne sich zugetragen hat. Es muss eine Scene eingeflochten gewesen sein, in der Dionysos dem Euripides das in Rede stehende Versprechen gab, und wenn wir nun dies mit den Mitteilungen der Hypothesis zusammenhalten, so lässt sich mit Wahrscheinlichkeit als der ursprüngliche Verlauf der Handlung feststellen: Dionysos erscheint vor dem Throne des Pluto und der Persephone; er teilt den Anlass seines Besuches mit, Pluto geht auf den Wunsch des Gastes ein, der dramatische Agon wird vorbereitet, die beiden Dichter werden davon verständigt, Euripides trifft mit dem Gotte zusammen und nötigt ihm in seiner zudringlichen Weise, wie ihn der Dichter überhaupt geschildert hat, das Versprechen ab, das wir bereits kennen, eine Zusage, die Dionysos um so eher geben konnte, als sie ja mit seiner persönlichen Neigung für den Dichter vollkommen übereinstimmte. Er war ja auf dem Schiffe durch die Lektüre der Andromeda schier in Verzückung geraten und hatte sich aufgemacht, den einzigen Dichter wieder zu den Lebenden zurückzuführen. Erst im Verlaufe des Stückes und durch die unmittelbare Einwirkung der Aeschyleischen Persönlichkeit, die in ihrer einfachen Grossheit den Gegensatz aufdeckt, kommt der Gott zur rechten Erkenntniss und Einsicht in das Wesen ächter Poesie. Man sieht, wie alles dies zusammenhängt und sich gegenseitig bedingt. Nur so, wenn Dionysos dem Euripides wirklich die bindende Zusage gegeben hat, hat die Erinnerung daran v. 1469 einen Sinn und einzig und allein unter dieser Voraussetzung hat die Parodie der bekannten Stelle im Hippolytus ihre rechte Wirkung. Umgekehrt hängt die ganze Stelle buchstäblich in der Luft, ja sie steht auch im Widerspruch mit v. 1416. Hier macht Dionysos den beiden Dichtern die Eröffnung, dass er in die Unterwelt herabgestiegen sei, um einen Poeten auf die Oberwelt mit sich zu nehmen: φέρε πύθεσθέ μου ταδί· ἐγὼ κατῆλθον ἐπὶ ποιητὴν — worauf Euripides, der immer vorlaute, gleich fragt „τοῦ χάριν". Es leuchtet ein, dass, wenn Dionysos erst jetzt die Absicht seines Kommens mitteilt, dann nicht von einem früher darauf bezüglichen Versprechen die Rede sein kann, so dass auch um desswillen die Beziehungslosigkeit von v. 1469 klar ist. Genug: wir haben hier eine Stelle, welche mit Notwendigkeit auf einen in den früheren Partieen stehenden Dialog zwischen Dionysos und Euripides verweist und damit ist denn bewiesen, dass wir die Frösche nicht in der Gestalt überkommen haben, wie sie zur erstmaligen Aufführung gelangt sind. Die Veränderung muss die Mittelgruppe betroffen haben: hier hat der angenommene Dialog gestanden, wodurch denn das Zeugniss der Hypothesis eine innere Bestätigung erfährt.

Für das Vorhandensein eines anders gearteten Mittelstückes spricht auch die seltsame Beschaffenheit der Rolle des Pluto. Es ist gewiss auffallend und auch von anderen als ein Missverhältniss hervorgehoben worden, dass der Gott, der doch als Herr des Hauses zu einem bedeutenden Hervortreten und Eingreifen in die Handlung berufen ist, die meiste Zeit ein κωφὸν πρόςωπον ist und erst gegen den Schluss des Dramas sich an dem Handel beteiligt und auch da nur in ganz unbedeutender Weise. Selbst der Scholiast hat an diesem Faktum Anstoss genommen und will lieber, dass Pluto gleich ganz eine stumme Figur spiele, was er dadurch erreichen will, dass er die Worte, die jetzt Pluto spricht, dem Chore überweist. Diese Auskunft ist verfehlt; aber der Anstoss ist völlig begründet. Nun muss freilich erwogen werden, dass die Rolle des Pluto, so wie dieselbe jetzt vorliegt, als ein Parachoregema zu betrachten ist. C. Beer hat in der Schrift: „Ueber die Zahl der Schauspieler bei Aristophanes" den Nachweis geliefert, dass die Komödie, wie sie im Uebrigen den Haushalt der Tragödie einfach übernommen hat, auch über die Dreizahl der Schauspieler nicht hinausgegangen ist und wo eine vierte Rolle zu spielen war, dieser einen parachoregematischen Charakter gab. Nun sind in der zweiten Hälfte der Frösche schon drei Schauspieler auf der Bühne, welche die Rollen des Aeschylus, Euripides und Dionysos spielen; es kann also die des Pluto nur Parachoregem sein, und diesem Verhältniss ist auch ganz der geringe Anteil an der Handlung, der dem Pluto zufällt, angemessen. Insofern müsste man sich allerdings zufrieden geben. Aber dass die Rolle des Pluto überhaupt eine Nebenrolle ist, das ist eben das Auffallende. Ihm musste als Herrn der Unterwelt und Eigentümer des Ortes, allwo die ganze Handlung sich zuträgt, eine bedeutendere Stellung und ein höheres Mass von Aktion zukommen, zum mindesten musste sein erstes Auftreten in würdiger Weise hervorgehoben werden, während jetzt dasselbe durch nichts angedeutet ist und der Gott über eine Strecke von 600 Versen hin ein befremdendes Stillschweigen beobachtet, bis er schliesslich dasselbe mit den Worten bricht: οὐδὲν ἄρα πράξεις ὧνπερ ἦλθες οὕνεκα, was unmöglich der Anfang seiner Rolle gewesen sein kann. Ganz anders stellt sich die Sache bei der Annahme eines anderen Mittelstückes in der angegebenen Beschaffenheit. Wenn in demselben das Spiel in der Weise sich verlief, dass Pluto an der Seite der Persephone den Dionysos empfing, dessen Wünsche entgegennahm und den zugestandenen Agon einleitete, dann war dem dichterischen Bedürfnisse völlig Genüge gethan. Der Gott war in allen Würden und der Bedeutung seiner Persönlichkeit gemäss vorgeführt, sein Erscheinen genugsam motivirt. Wenn dann nachher die Thätigkeit des Gottes auf die Oberleitung und Beaufsichtigung des Dichterstreites sich beschränkt, so hat dies nichts Auffälliges mehr, nachdem einmal die Hereinziehung des Pluto in den Kreis der handelnden Personen zu unserer Befriedigung sich vollzogen hat. Dieses Zurücktreten des Pluto in der zweiten Hälfte des Stückes findet alsdann in dem dramatischen Haushalt seine vollständige Erklärung. In der von uns angenommenen Mittelscene wären drei Schauspieler beschäftigt gewesen, welche die Rollen des Pluto, des Dionysos und Euripides gespielt hätten. Bei beginnendem Wettstreit übernimmt der Darsteller des Pluto die Rolle des Aeschylus und die des Pluto tritt in den Hintergrund, wird Parachoregem. Dieses Verhältniss entspricht ganz den ökonomischen Mitteln des Dramas, und was den Wechsel in der Partie des Pluto anbelangt, so hat auch dieser sein Analogon in der Rolle des Plutus in der gleichnamigen Komödie, welche in den beiden Hälften des Stückes von verschiedenen Schauspielern gegeben wurde.

Wir haben dem Pluto eine selbständige Rolle in der Mittelgruppe des Stückes zugewiesen, zwischen der Parabase und dem Chorlied v. 814. Dass dem Gotte eine grössere Beteiligung an der Handlung zukommen musste, dürfte so ziemlich einleuchtend sein. Es sprechen dafür auch noch folgende Umstände: Nach Hypothesis II hätte Pluto schon in der ersten Hälfte des Stückes zu thun gehabt. „Πλούτων δ' ἰδὼν ὡς Ἡρακλεῖ προcέκρουcε." Es geht dies unstreitig auf die Stelle, wo dem Dionysos von dem Unterweltspförtner Aeacus ein sehr übler Empfang bereitet wird. v. 465 u. f. Darnach hätte also Pluto die Rolle des Aeacus gespielt und merkwürdig ist es, dass auch der Scholiast zu derselben Stelle die Bemerkung macht: εἰς τῶν ἐν Ἀΐδου λέγει· τινὲς δὲ τὸν Αἰακὸν λέγουσιν ἀποκρίνασθαι ὅπερ ἀπίθανον. Es scheint also schon im Altertum gegen die Person des Aeacus ein Bedenken erhoben worden zu sein: wenn aber nicht Aeacus den Dionysos empfängt, so verfällt man ohne Weiteres auf Pluto selbst, und es lässt sich nicht läugnen, dass in seinem Munde die Droh- und Scheltworte gegen den Pseudoheracles sich gar nicht übel ausnehmen, da er gegen den Cerberusräuber persönlich aufgebracht zu sein allen Grund hatte. Wie eine Bestätigung dessen, dass in der ursprünglichen Fassung des Stückes Pluto an Aeacus Stelle figurirt habe, sieht es aus, wenn der Scholiast zu v. 606 die Anmerkung macht: ἔνιοι δέ φασι, πάντα αὐτὸν λέγειν τὸν Πλούτωνα; also auch hier in der Folterscene der Zweifel, ob Aeacus oder Pluto zu setzen sei. Wir haben auf diese Umstände hinweisen zu müssen geglaubt, ohne jedoch auf dieselben ein mehr denn mässiges Gewicht legen zu wollen, deswegen nicht, weil die Autorität der Zeugnisse (es handelt sich um die Angaben zweier Scholiasten, deren Notizen überhaupt mit Vorsicht aufzunehmen sind, und eine Stelle der zweiten Hypothesis, bei welch letzterer die poetische Fassung die knappe und darum vielleicht ungenaue Ausdrucksweise bedingt haben mag) eine geringe ist. Auch hat v. Leutsch Philolog. Suppl. I S. 147 u. f. die Möglichkeit gezeigt, dass in der Rolle des Thürhüters Aeacus verstanden, aber nicht genannt sei, ähnlich wie in den Rittern Nicias und Demosthenes. Die Behauptung aber, dass es mit der Rolle des Pluto ursprünglich eine andere Bewandtniss gehabt hat, halten wir aufrecht.

Noch haben wir zweier grösserer Stellen Erwähnung zu thun, deren Anwesenheit in den Fröschen der Annahme einer doppelten Recension sehr zu Statten kommt. Die eine ist v. 1437 u. f. Schon Aristarch hat diese Verse als unächt erkannt; ihm sind Bentley, Kuster, Brunck, Welcker, Hermann gefolgt. Und in der That erweisen sich alle Versuche, die Verse dem Zusammenhang einzuordnen, als vergeblich. Zwar hat Fritzsche in seinem Kommentar S. 435 dadurch Abhilfe zu geben geglaubt, dass er die dem Euripides beigelegten Worte und Spässe dem Dionysos zuweist, was Gerhard, de Aristarcho Aristophanis interprete pag. 33 gebilligt hat. Indes stellt sich dieses Heilmittel bei sorgfältiger Prüfung als unwirksam heraus. Auch Süvern's Versuch (über die Vögel des Aristoph. S. 68), durch Annahme einer Lücke ein Expediens zu finden, muss als verunglückt betrachtet werden, deswegen, weil Aristarch eben nur die vorliegenden Verse und keine anderen gekannt und kommentirt hat. Mit ebensowenig Erfolg hat Wagner (quaest. de Ranis Aristoph. spec. I p. 25) diese Verse verteidigt. Es lässt sich eben nichts verteidigen. Der Vers 1442 ἐγὼ μὲν οἶδα καὶ θέλω φράζειν ist ganz ohne allen Anschluss. Ebensowenig wird es gelingen, v. 1453: ἐγὼ μόνος κ. τ. λ. in irgend eine Beziehung zum Ganzen zu bringen. Auch dass Euripides zwei Aussprüche thut, während doch nach dem Wortlaute der Aufforderung des Dionysos v. 1435: ἀλλ' ἔτι μίαν γνώμην ἑκάτερος εἴπατον nur ein einziger zu erwarten steht, ist auffallend, wenngleich Einiges zur Erklärung dessen angeführt werden kann. Alles dieses lässt über den Charakter der ganzen Stelle als eines Einschiebsels keinen Zweifel übrig, und haben die Herausgeber Recht daran gethan, die Verse unter den Text zu setzen. Die Frage ist nun, von wem dieselben herrühren. Die Verse haben Humor und kecken Witz und können dieselben keineswegs als das Machwerk eines Stümpers betrachtet werden. Dindorf urteilt in Betreff ihres Wertes: *minime alienum ab indole veteris comoediae*. Die Frage, ob die Verse den Aristophanes zum Verfasser haben oder aber als Interpolation eines Schauspielers anzusehen sind (über die Verderbungen des Textes durch die Schauspieler siehe Böckh a. a. O. p. 10 und Cobet, Nov. lect. p. 297) lässt Dindorf unentschieden, doch scheint derselbe geneigt zu sein, lieber das letztere anzunehmen. Wir nehmen kein Bedenken, die Verse als ächt Aristophanisch auszugeben. Der Witz: ἐγὼ μόνος, τὰς δ᾽ ὀξίδας Κηφισοφῶν ist ganz in der Manier unsers Dichters gehalten, der seinen Gedanken und Scherzen den Charakter des Ueberraschenden, Einschlagenden (παρ᾽ ὑπόνοιαν) zu geben liebt; auch das antithetische Wortspiel v. 1463—1466 lässt den Aristophanes erkennen, der diese Form des Ausdrucks mittels zugespitzter Gegensätze oft genug an Euripides und Agathon durchgezogen hat und der auch in derselben Weise den Euripides seine Ratschläge zu Gunsten Athens geben lässt (man vergleiche v. 1427—1429, v. 1443—1444, v. 1446—1450). Dies sind Gründe genug, die Verse dem Aristophanes zuzusprechen: sind sie aber als solche anzunehmen, dann zeugen sie unwiderleglich von dem Vorhandensein einer zweiten Recension der Frösche, in der sie ihre Stelle gehabt haben.

Die andere Verspartie findet sich zu Anfang des Stückes; v. 117—136. v. Leutsch hat im Philologus Bd. 24 S. 162 über diesen Abschnitt gehandelt und den Nachweis geliefert, dass wir es hier mit einer grösseren Interpolation zu thun haben. Wir pflichten der schlagenden Beweisführung vollkommen bei, nur können wir der Hypothese, die Verse seien aus irgend einem anderen aristophanischen Stück genommen, am ehesten wohl aus dem Gerytades, der ein den Fröschen sehr verwandtes Sujet behandelte, nicht beifallen. Die Verse gehören zweifelsohne den Fröschen an: dies geht daraus, wir möchten sagen mit Gewissheit hervor, dass Aristarch dieselben gekannt und erklärt hat (siehe den Scholiasten zu v. 134). Hierüber vergleiche man Gerhard a. a. O. p. 24. Nach dem bisher Gesagten kann ihre Heimat nicht mehr im Ungewissen sein: die Verse gehören der andern Recension der Komödie an, von deren Existenz sie ihrerseits Zeugniss geben.

Ueberschauen wir noch einmal die Gründe, welche uns zur Annahme einer doppelten Gestalt der Frösche bewogen haben. Ein Citat aus der Komödie ist in unserem Stücke nicht aufzufinden; ebensowenig eine zweite Stelle, welche

Welcker als zu den Fröschen gehörig erkannt hat. Es weisen einige bestimmt gehaltene Angaben in den Argumenten auf eine andere Einrichtung des Dramas in dem mittleren Teile mit aller Entschiedenheit hin und dieses äussere Zeugniss findet in der Wahrnehmung, dass die Oekonomie des Stückes im Centrum eine Störung erlitten hat, sowie durch den Hinweis von v. 1469 auf einen nicht vorkommenden Vorgang seine Bekräftigung. Dazu kommt noch das Ungenügende der Rolle des Pluto, endlich das Vorhandensein zweier grösserer Verscomplexe, die aus dem Zusammenhang mit gutem Grunde müssen ausgelöst werden. Auf Grund dieser Thatsachen haben wir geglaubt, eine Diaskeuase des Stückes annehmen zu dürfen. Dass nirgends im Altertum von Βάτραχοι δεύτεροι die Rede ist, kann uns nicht beirren: hier mag der Zufall obgewaltet haben. Wer den angeführten Gründen seine Zustimmung versagen und die Umarbeitung der Komödie bestreiten will, der wird den Nachweis zu liefern haben, dass alle die geltend gemachten Bedenken sich heben lassen und zwar in ungezwungener Weise. Bis dieser Beweis beigebracht ist, wollen wir die Behauptung von der mit den Fröschen vorgenommenen Diaskeuase aufrecht halten. Es bedarf wohl kaum der Erwähnung, dass wir die zweiten, nicht die ersten Frösche in Händen haben.

Was war aber das Unterscheidende zwischen beiden? Welche Veränderungen hat Aristophanes zum Behufe der Wiederholung vorgenommen? Hierauf lautet die Antwort also: vor Allem muss in der Originalform die Einleitung eine knappere Form gehabt haben; alsdann muss zwischen der Parabase und dem Chorgesang v. 814 eine grössere Scene eingeschaltet gewesen sein, in welcher das als Handlung zu schauen war, was in dem jetzt stellvertretenden Auftritte nur durch Erzählung zur Mitteilung gelangt: die gastliche Aufnahme des Dionysos bei Pluto, die Voranstalten zur Abhaltung des Sängerstreites (auch ein Dialog zwischen Dionysos und Euripides muss da gestanden haben). Hier also in der Mitte des Dramas war die Aenderung am durchgreifendsten und machte einen wesentlichen Unterschied aus. Der zweite Teil des Dramas mochte, etliche Stellen etwa ausgenommen, wozu wir die von Welcker besprochene und die Verse von 1437 abwärts rechnen, so ziemlich unverändert geblieben sein. Die von Leutsch beanstandete Verspartie mag gleichfalls in der ersten Gestalt der Frösche gestanden haben; dasselbe ist zu sagen von der den Dichter Meletos betreffenden Stelle.

Es lässt sich aber noch Näheres angeben und ein Einblick in die Beweggründe gewinnen, die den Dichter veranlassten, die Diaskeuase gerade in dieser Form vorzunehmen. Einen massgebenden Einfluss haben ohne Zweifel die bei der ersten Aufführung gemachten Erfahrungen gehabt. Wir dürfen als sicher annehmen, dass der erste Teil des Dramas, welcher die κάθοδος des Dionysos, eine Parodie des Hinabgangs des Heracles in den Hades, behandelt, ein ganz besonderes Glück bei den Athenern gemacht und die beifälligste Aufnahme gefunden hat. Und in der That gehen die Wogen der Komik in diesen Auftritten so hoch und ist der Eindruck derselben von so eminenter Heiterkeit, dass auch heutzutage der Leser sich in eine wahrhaft dionysische Stimmung wie mit Zaubergewalt versetzt fühlt. Nirgends hat Aristophanes die komischen Effekte glücklicher berechnet und dieselben mit einschlagenderer Wirkung sich entladen lassen, als gerade hier, wie sich denn überhaupt sagen lässt, dass die Komik des Dichters in den Fröschen auf ihrem Höhepunkte steht. In der zweiten Hälfte verliert das Stück etwas von seiner bacchantischen Lustbarkeit, indem es sich mehr in die Sphäre des geistigen Spieles erhebt: hier war Verständniss und Genuss von einer gediegenen Bildung und lebendigen Auffassungsgabe bedingt, sowie eine genaue Kenntniss des Aeschylus und Euripides die unerlässliche Vorbedingung bildete. Diese Voraussetzung traf aber bei der grossen Masse der attischen Zuschauerschaft nicht durchgehends zu (siehe v. Leutsch, Philol. Suppl. I S. 114 u. f.) und so musste denn der erste Teil mit seiner derberen und gemeinverständlichen Komik den grösseren Beifall gewinnen. Wir dürfen uns überzeugt halten, dass beim Anhören dieser Scenen ein homerisches Gelächter durch die Reihen der Zuschauer gegangen ist. Diese Partie nun arbeitete der Dichter für die Wiederholung, bei der es ja ohnedies nur auf praktische Vorteile ankam, um und weiter aus; bis zu welchem Umfang, darüber lässt sich ein Genaues nicht festsetzen: doch ist vielleicht die Folterscene eine Zuthat der Diaskeuase. Indem aber der ehemalige Prolog in solcher Weise ausgeweitet wurde und zu einem selbständigen Bestandteile anwuchs, sah sich der Dichter gezwungen, an einer anderen Stelle eine Kürzung vorzunehmen. Denn über ein bestimmtes Zeitmass konnte der Dichter wohl nicht hinausgehen. Es lässt sich ohne Schwierigkeit angeben, wo gekappt werden musste. In der zweiten Hälfte war eine Auslösung von Scenen nicht thunlich, deswegen nicht, weil die Darstellung des Dichteragons ein in sich fest zusammenhängendes, abgeschlossenes Ganzes bildet, das eine Kürzung nicht verträgt. Blieb also nur mehr die Mitte übrig, und so gelangen wir auf dem Wege einer einfachen Betrachtung zu der Genesis der jetzigen Mittelscene. Der Dichter schnitt das ehemalige Mittelstück heraus, als dasjenige, wo die Handlung das ruhigste Gefälle und eben deshalb das geringste Interesse hatte, und ersetzte dasselbe durch den jetzt zu lesenden Sklavendialog, bei dessen Abfassung darauf Bedacht genommen wurde, den Inhalt der früher thatsächlich zu schauenden Handlung durch einen mündlichen Bericht zu ersetzen. Die Aufzeigung der Motive, die den Dichter bei der Arbeit der Diaskeuase geleitet haben, ist von grossem Interesse, deshalb, weil wir gleichsam in die geistige Werkstätte des Dichters eingeführt werden, sowie anderseits die Leichtigkeit, mit der es uns verstattet ist, dem schaffenden Dichter seine Gedanken nachzudenken, eine innere Gewähr der Wahrheit in sich trägt.

Fragen wir aber, ob die Komödie durch die Umbildung an Wert gewonnen oder verloren hat, so muss ohne Weiteres Letzteres zugestanden werden. Eine Aristophanische Komödie ist ein Kunstwerk, und da ist es mit dem Herausnehmen und

Hineinsetzen einzelner Teile schon von Vornherein ein missliches Ding. Denn das macht eben das Wesen eines Kunstwerkes aus, dass es ein lebendiger Organismus ist, in dem alle Teile zur harmonischen Gesammtwirkung zusammenstreben und nichts ohne das andere besteht. Von diesem Gesichtspunkte aus ist die Vornahme einer Umarbeitung eine Gefährdung der einheitlichen Schöpfung, deren strenge Gliederung man preiszugeben gezwungen werden konnte. Wir sind überzeugt, dass unter den Gründen, welche den Dichter zur Aufgebung der Diaskeuase der Wolken bestimmten, einer auch der war, dass ihm über dem Umreissen und Neubauen die Freude an dem eigenen Werke getrübt wurde, von dem er einsah, dass es jetzt nicht mehr ein organisch Gewordenes, sondern mit Willkühr Geschaffenes sei. An den Fröschen nun lässt sich die eingetretene Verschlechterung genau nachweisen: die schöne Dreiteilung des Dramas, bestehend in einer kräftigen Mittel- und zwei Seitengruppen, wird aufgegeben und durch eine eintönige Zweigliederung ersetzt, wobei auf der Stelle der Nachteil eintreten musste, dass sich zwei grosse Massen gegenübertraten und die natürliche Verbindung verloren ging. Denn die Scene, die an die Stelle der früheren von uns bezeichneten getreten ist, kann, abgesehen davon, dass die Handlung durch das Ungenügende der Erzählung ersetzt ist (also δι' ἐπαγγελίας nicht δρώντων), auch in sonstiger Beziehung nicht genügen. Man merkt es derselben eben an, dass sie hinterher in das Drama hineingebaut, aber nicht aus der Anlage des Ganzen herausgewachsen ist. Dies haben auch andere richtig erkannt. So sagt Fritzsche in dem Kommentare zu den Fröschen p. 276: *Hic locus, quo tragicum certamen praeparatur, nescio quo pacto mihi saepe displicuit, quum modo breviorem esse, modo totum aliter institutum cuperem.* Man sieht, wie das Werk allenthalben durch den Umbau Schaden litt; was die Komödie an Bühnenwirkung gewinnen mochte, hat sie an innerem Werte und allseitiger Vollendung verloren. Dass diese Einbusse dem Dichter selber kein Geheimniss geblieben ist, dürfen wir getrost annehmen.

Wenn er gleichwohl die Abänderung in dieser Weise vornahm, so geschah dies wohl im Hinblick auf die rein praktischen Zwecke der zweiten Aufführung und in dem Bewusstsein, dass den ästhetischen Anforderungen durch die erste Leistung Genüge geschehen sei. Auch mochte der Dichter hoffen, dass sein Werk in dieser, nicht in jener Form fortleben werde, was leider sich nicht erfüllt hat.

Wir haben noch die Frage über den Zeitpunkt der zweiten Aufführung zu besprechen. Die erste hat bekanntlich an den Lenäen Statt gefunden im Monat Gamelion. (Siehe Böckh, de discrimine Lenaeorum p. 97.) Kannegiesser's Ansicht, der dafür die ländlichen Dionysien ansetzen will (die komische Bühne S. 283), ist nach dem Erscheinen des Böckh'schen Buches de Graecae tragoediae princip. ein Rückfall in die frühere Verwirrung in der Frage der Festaufführungen. Dass an denselben Lenäen das Stück nicht wiederholt werden konnte, liegt auf der Hand; dies wäre nicht einmal möglich gewesen, auch wenn eine Diaskeuase nicht vorgenommen worden wäre. Denn die einzelnen Tage und Tageszeiten eines Dionysosfestes waren ohne Zweifel völlig für agonistische Vorführungen in Beschlag genommen, so dass für eine Wiederholung keine Stelle war. Dies haben Fritzsche und diejenigen, welche von einer Wiederaufführung der Komödie am nächstfolgenden Tage sprachen, nicht in Anschlag gebracht. An eine etwaige Verlängerung des Festes kann gleichfalls nicht gedacht werden. Kommen schon aus diesen Gründen die Lenäen nicht mehr in Betracht, so leuchtet ein, dass die umgearbeiteten Frösche noch weniger an diesem Feste gegeben werden konnten. Denn zur Vornahme einer Diaskeuase in dem von uns angegebenen Umfange ist eben Zeit von nöten, auch hatten die Schauspieler mit den getroffenen Abänderungen sich zurecht zu finden, was ja nicht von einem Tage auf den andern geschehen kann. Es bleiben uns also nur mehr die zwei Monate später fallenden Dionysien. Weiter hinaus kann die Wiederholung des Stückes auch nicht verlegt werden. Denn als die Lenäen wiederkamen, da hatte sich in der politischen Lage Athens der traurigste Umschwung vollzogen und war es mit der Macht und Herrlichkeit der Cekropsstadt für immer vorbei. Nicht gar lange nach den Dionysien 405 war der vernichtende Schlag bei Aegospotamoi gefallen, und war Athen durch den Verlust der Flotte, des letzten Bollwerkes, wehrlos seinen Feinden in die Hand gegeben. Dass nach dem Eintritt dieser erschütternden Ereignisse ein Stück wie die Frösche nicht mehr möglich, dass überhaupt im Frühlinge 404 — denn später könnte eine Wiederholung doch nicht gedacht werden — die Zeit nicht zu Freude und Lustbarkeit angethan war, das ist einleuchtend genug. Es spricht daher alles dafür, dass die zweite Aufführung der Frösche an den Dionysien des Jahres 405 Statt gefunden hat, wie auch Wagner a. a. O. angenommen hat, womit denn das Stück hart an die Katastrophe rückt. Unter diesen Umständen bekommt der Schluss der Dichtung (v. 1500—1515), wo vor den falschen Volksfreunden und insbesonders vor Adeimantos, dem Verräter der Flotte bei Aegospotamoi, gewarnt wird, eine eigentümliche Beleuchtung.

Aus der Wiederholung des Stückes an den Dionysien ergeben sich nachstehende Folgerungen. Man hat bis jetzt den Satz festgehalten, und Böckh, de discrimine Lenaeorum p. 96, hat denselben besonders verfochten, dass an den städtischen Dionysien nur neue Stücke gegeben wurden. Diese Hypothese wird, wenn die Wiederaufführung der Frösche an den grossen Dionysien Statt fand, eine Modifikation erleiden müssen. Uebrigens hat schon Hermann in der Vorrede zu der Ausgabe der Wolken S. 24 und 25 dahin sich ausgesprochen, dass auch an den grossen Dionysien Stücke zur zweitmaligen Aufführung gelangten, aber nicht am ersten Tage des Festes, der ein für alle Male der Vorführung neuer Dramen bestimmt war, sondern am zweiten und dritten. Diese vermittelnde Auskunft hat viel Ansprechendes und kommt auch unserer Komödie zu gute, ohne dass desshalb die Ansicht Böckh's umgestossen zu werden braucht. — Steht aber die Aufführung schon gegebener Stücke an den Dionysien fest, dann fällt auch der Grund hinweg, um deswillen man das Antepirrhema in der Parabase der Wolken als einen Ueberrest der ersten Bearbeitung ansehen durfte. Man hat aus dem Verse 609: πρῶτα μὲν χαίρειν Ἀθηναίοιϲι καὶ τοῖϲ ξυμμάχοιϲ gefolgert, dass derselbe und das Nachfolgende nur in den ersten Wolken gestanden haben könne, die bekanntlich an den Dionysien gegeben wurden; denn es ist von den Bundesgenossen die Rede, die ja nur an den grossen Dionysien bei beginnendem Frühling, wenn die Schiffahrt wieder lebendig zu werden anfing, in Athen zu den theatralischen Aufführungen sich einfanden, wohingegen an den Lenäen die Athener für sich allein die Zuhörerschaft bildeten, Acharner v. 504: αὐτοὶ γάρ ἐϲμεν χοὐπὶ ληναίῳ ἀγών. Jetzt dagegen, wo die Wiederholung dramatischer Werke auch an den Dionysien, wenn auch nicht am ersten Festtage, einzuräumen ist, kann obige Schlussfolgerung nicht mehr den gleichen Anspruch auf Sicherheit erheben.

Zum Schlusse noch ein Wort über die Parabase der Frösche. Haben wir diese aus der ersten oder der zweiten Bearbeitung? Wir haben allen Grund, das Erstere anzunehmen. Denn da die ausdrückliche Ueberlieferung dahin lautet, dass das Stück um der Parabase willen vom Volke zur Wiederaufführung verlangt worden sei, so ist man zu der Folgerung berechtigt, der Dichter habe diesen Bestandteil der Komödie, der bei den Athenern so ausserordentliches Wohlgefallen hervorgerufen und dem Autor die höchsten Ehren eingebracht hat, unverändert in die neue Gestaltung des Dramas herübergenommen. Auch ist innerhalb der beiden Monate, die zwischen der ersten und zweiten Aufführung liegen, in den äusseren Verhältnissen Athens nichts eingetreten, was den Inhalt der Parabase als nicht mehr zeitgemäss hätte erscheinen lassen. Vielmehr waren die Worte, welche Aristophanes seinen Landsleuten dort ans Herz gelegt hatte, auch hier noch ganz an ihrer Stelle. Haben wir aber die erste Parabase, dann ist Cobets Vermutung, ausgesprochen in dem vortrefflichen Buche de Platonis comici reliquiis p. 159—162, dass Aristophanes in derselben zu Gunsten der noch immer gefangen gehaltenen Arginusenfeldherrn spreche, erst recht unhaltbar geworden. Cobet nämlich nimmt im Widerspruch mit der herkömmlichen Ansicht an, die unglücklichen Sieger in der genannten Seeschlacht seien erst nach den Lenäen im Monat Gamelion hingerichtet worden. Diese Hypothese ist, wie Herbst (die Schlacht bei den Arginusen S. 90) überzeugend nachgewiesen hat, schon deshalb abzulehnen, weil die Hinausschiebung des bekanntlich mit überstürzendem Parteieifer und ganz tumultuarisch betriebenen Processes bis zum Ende des Gamelion ganz ausserhalb dem Bereiche der Wahrscheinlichkeit liegt; aber auch deshalb, weil es ein unlösbarer Widerspruch wäre, wenn die Athener gerade der Parabase wegen, welche nach Cobets Dafürhalten eine Fürsprache für die Angeschuldigten wäre, den Dichter mit allen Ehren ausgezeichnet, und dann doch die Feldherrn gleich darauf zum Tode verurteilt hätten. Noch schlagender aber wird das Irrige der Cobet'schen Annahme dargethan, wenn die Parabase unverändert bei der zweiten Aufführung vorgetragen worden ist, da ja der Dichter immer noch für die Männer spräche, deren Schicksal sich inzwischen bereits erfüllt hatte. Ganz anders stellt sich die Sache, wenn man bei der bisherigen Annahme bleibt, der Dichter habe in der Parabase die Hinopferung der Feldherrn beklagt und den Athenern in mildem, aber gleichwohl strafendem Tone das begangene Unrecht vorgehalten. Unter dem Eindrucke der reuigen Stimmung, welche bald nach der geschehenen Blutthat der Athener sich bemächtigte, konnte der Dichter es wagen, Worte ernster Rüge und eindringlicher Vermahnung an seine Mitbürger zu richten, und dies war auch bei der zweiten Aufführung noch am Platze, da die eingetretene Umstimmung der Gemüter ohne Zweifel so lange angehalten hat. Indem aber die Athener die Mahnworte des Dichters gelassen anhörten, ja sogar dem Dichter die Ehre des ersten Preises zuerkannten und um eben dieser Parabase

willen die Wiederholung des Stückes forderten, gaben sie
einen Beweis von der Aufrichtigkeit ihrer Reue, und so ist
denn die Parabase ein historisches Zeugniss zur Würdigung
der Ἀθηναῖοι ταχύβουλοι — μετάβουλοι, mit welchem Aus-
drucke Aristophanes seine wetterwendischen Landsleute tref-
fend bezeichnet hat Acharner v. 630.

II.

Der Frieden.

Die Friedenskomödie wurde aufgeführt unter dem Archon Alcäus 421. Sie erhielt den zweiten Preis, woraus jedoch keineswegs mit Bergk, frg. Aristoph. p. 176 auf die geringere Vollendung geschlossen werden darf, da auch die Vögel, das Meisterwerk des Dichters (*in qua quidem comoedia nescio an omnis omnino ars comicorum sit consummata*, Bergk, frg. p. 9) nicht den ersten Preis davontrugen. Den Sieg über den Frieden gewann Eupolis mit den Κόλακες; an dritter Stelle wurde Leucon mit den Φράτορες ausgerufen. In Betreff des Friedens hat sich nachstehende Notiz im dritten Argument erhalten: Φαίνεται δ' ἐν ταῖς διδασκαλίαις καὶ ἑτέραν δεδιδαχὼς Εἰρήνην ὁμοίως ᾽Αριστοφάνης. ἄδηλον οὖν φησιν ᾽Ερατοσθένης, πότερον τὴν αὐτὴν ἀνεδίδαξεν ἢ ἑτέραν καθῆκεν, ἥτις οὐ σώζεται. Κράτης μέντοι δύο οἶδε δράματα γράφων οὕτως· ἀλλ᾽ οὖν γε ἐν τοῖς ᾽Αχαρνεῦσιν ἢ Βαβυλωνίοις ἢ ἐν τῇ ἑτέρᾳ Εἰρήνῃ. καὶ σποράδην δέ τινα ποιήματα παρατίθεται, ἅπερ ἐν τῇ νῦν φερομένῃ οὐκ ἔστιν. Wir erfahren also, dass es im Altertum einen doppelten Frieden gegeben hat; als Gewährsmänner werden Eratosthenes und Krates angeführt. Auch hat man schon frühzeitig Stellen aus dem Frieden gekannt, welche die erhaltene Friedenskomödie nicht hatte. Eratosthenes war aber schon im Zweifel, ob man sich unter Εἰρήνη β eine Umarbeitung des ersten Friedens oder ein Originalwerk zu denken habe. Noch verwickelter stellt sich die Sache für uns: haben wir den ersten oder den zweiten

Frieden vor uns? und wenn letzteres, wie haben wir uns diesen zu denken? Ist derselbe eine ganz neue Arbeit, unabhängig von der ersten (dies ist die Ansicht Ranke's, Vita Aristoph. p. 285, dessen Beweisführung indes schwerlich jemand befriedigen wird), oder eine Diaskeuase des im Jahre 421 aufgeführten. Letzteres angenommen muss gefragt werden, in welcher Ausdehnung die Ueberarbeitung Statt gefunden hat und endlich in welchem Jahre der andere Friede gegeben wurde. Alle diese Fragen sollen im Nachfolgenden der Reihe nach zur Behandlung kommen.

Sehen wir uns vorerst nach den Zeugnissen für die Existenz eines zweiten Friedens um. Wir scheiden dieselben in äussere, auf Angaben alter Erklärer beruhende und in innere, aus der Beschaffenheit des Stückes selbst entnommene. Wir sprechen zuerst von jenen.

Es haben sich im Ganzen fünf Stellen erhalten, welche als Citate aus dem Frieden bei Eustathius, Pollux, Suidas und Stobäus angeführt werden. Der Kürze wegen sei auf Bergk, fragm. Aristoph. p. 117 verwiesen, wo diese Stellen eingesehen werden können. Nun hat freilich Dindorf, frg. p. 12 diese Zeugnisse in ihrer Giltigkeit angefochten, allein dass in allen fünf Fällen Irrtümer vorgewaltet haben, ist denn doch nicht wahrscheinlich. Dindorfs Einsprache ist auch von Ranke, Vita p. 283 und Bergk, frg. 175 als zu weitgehend zurückgewiesen worden. Wir erinnern, dass schon im Altertum es Citate aus dem Frieden gab, die sich in der bekannten Dichtung nicht vorfanden. Diese Umstände sprechen entschieden zu Gunsten der Annahme eines doppelten Friedens, von dessen Existenz auch die Grammatiker zu Pergamum und Alexandria wussten. Entscheidender sind aber die inneren Beweise:

Einen solchen finden wir in der Beschaffenheit des Chores. Was einem aufmerksamen Leser gleich auf den ersten Blick auffallen muss, das ist die wunderliche Zusammensetzung desselben aus ganz heterogenen Elementen. In allen Stücken des Aristophanes bildet der Chor in sich eine

Einheit und auch in solchen Fällen, wo derselbe sich in zwei Hälften abteilt, wie in den Acharnern nach der grossen Rede des Dikäopolis auf dem Hackblocke oder in der Lysistrate, wo ein Halbchor von Greisen einem solchen von Greisinen entgegensteht, ist gleichwohl die einheitliche Chorsubstanz vorhanden: dort sind es Kohlenbrenner aus Acharnae, hier Bewohner Athens, daher es denn auch ganz in der Ordnung ist, wenn später die beiden Chorhälften, die bei allem Parteiunterschiede doch eines Wesens sind, sich zur Choreinheit zusammenschliessen. Wie ganz anders aber liegt die Sache im Frieden? Hier lassen sich gleich zu Anfang zwei ganz ungleiche Bestandteile ausscheiden: den Vertretern Attikas sind die von Gesammthellas gegenübergestellt. Hier kann also von einem einheitlichen Chorcharakter nicht die Rede sein. Man lese nur die Worte, mit denen Trygaeus zur Mithilfe an der Heraufziehung der Irene aufruft v. 295:

ἀλλ' ὦ γεωργοὶ κἄμποροι καὶ τέκτονες
καὶ δημιουργοὶ καὶ μέτοικοι καὶ ξένοι
καὶ νηςιῶται, δεῦρ' ἴτ' ὦ πάντες λεῴ.

Es werden also neben den Bürgern Attikas, die wieder in Landbauern, Handeltreibende, Kunst- und Gewerbbeflissene specialisirt werden (auch die Metöken werden erwähnt), noch die anderen Hellenen aufgeboten, und zwar, wie sich aus dem Zusatz νηςιῶται ergibt, die Inselbewohner ebensogut wie die festländischen. Gleich darauf erscheint der Chor in der Orchestra, der sich in seiner eigenen Anrede als die Vertretung von Gesammthellas einführt v. 302: ὦ Πανέλληνες βοηθήςωμεν, und in der That ist weiter unten von verschiedenen hellenischen Stämmen die Rede, von Boeotern v. 466, Argivern v. 475, Laconen v. 478 und Megarern v. 481. Dieser zusammengewürfelte Chor ist jedenfalls etwas ganz Auffälliges und einzig Dastehendes. Noch seltsamer gestaltet sich dieses Verhältniss dadurch, dass der Chor in seiner Rolle von Personen und Gegenständen spricht, deren Erörterung oder Erwähnung schlechterdings nur im Munde attischer Choreuten einen Sinn hat, unter den gegebenen Umständen aber geradezu absurd ist. Dahin rechnen wir die Anführung der in Attika bestehenden Einrichtung, wornach der aufgebotene Bürgersoldat sich auf drei Tage zu verpflegen hatte v. 312: οὐ γὰρ ἦν ἔχοντας ἥκειν cιτί' ἡμερῶν τριῶν, dann die Stelle, wo der Chor das Lyceion, das ihm als Exercierplatz von wegen der endlosen Plackereien verhasst ist, verwünscht v. 357; weiterhin die Nennung des Phormion v. 348, die Ausfälle auf Pisander v. 395 und den feisten Kleonymos v. 446, der bekannten Zielscheibe Aristophanischen Witzes. Aus v. 347—349 erfahren wir sogar, dass der Chor das Heliastengeschäft betreibt, das er froh wäre für eine andere das Gemüt weniger verhärtende Beschäftigung zu vertauschen. Wir fragen, wie in aller Welt passt das Heliastentum zu einem Chor, der zum Teil aus Nichtattikern besteht. Als wenn es in Sparta und Theben, in Argos und bei den Inselgriechen auch Heliasten gegeben hätte. Man sieht, wie dies ein innerer Widerspruch ist. Nun beachte man aber auch Folgendes:

Im weiteren Verlaufe des Stückes zeigt sich die überraschende Erscheinung, dass die nichtattischen Chorbestandteile allmählich in den Hintergrund treten, bis sie zuletzt ganz entschwinden. v. 539 ist zum letzten Male von den hellenischen Städten, die den Chor ausmachen, die Rede: οἷον πρὸc ἀλλήλαc λαλοῦcιν αἱ πόλειc, weiter abwärts gibt es nur mehr einen Chor von attischen Landleuten, wie sich aus folgenden Stellen ergibt: v. 566, v. 613: ὦ λιπερνῆτεc γεωργοί. — v. 1185: ταῦτα δ᾽ ἡμᾶc τοὺc ἀγροίκουc δρῶcι. — v. 1318. Diese sind es auch schon vorher gewesen, die sich ausschliesslich an der Aktion beteiligten. Sie haben die Friedensgöttin ganz allein und ohne Beihilfe der Πόλειc aus der Grube heraufgezogen v. 507: ἄγ᾽ ὦ ἄνδρεc αὐτοὶ δὴ μόνοι λαβώμεθ᾽ οἱ γεωργοί und v. 511: οἵ τοι γεωργοὶ τοὔργον ἐξέλκουcι κἄλλοc οὐδείc. Unter diesen Umständen wird das Vorhandensein der ξένοι im Chore immer rätselhafter. Die versuchten Auswege haben zu keinem Ziele geführt. Richter in den Prolegomena zum Frieden S. 34 hat die Schwierigkeit durch Annahme eines Parachoregems, das eben aus den hellenischen Städten bestehe, lösen zu können gemeint. Dem steht aber entgegen, dass der Chor bei seinem ersten Erscheinen v. 302 sich als Πανέλληνες bezeichnet, was nicht der Fall sein könnte, wenn die πόλεις nur eine Beigabe, nicht aber die Substanz des Chores wären. Anders hat Beer (über die Zahl der Schauspieler bei Aristophanes) S. 160 helfen zu können geglaubt. Er nimmt zwei Halbchöre an, von denen der eine aus den πόλεις, der andere aus den attischen γεωργοί besteht; ersterem weist er die Verse 346—361 zu, letzterem v. 582—600; die Verse 385—399 seien als vom Gesammtchor vorgetragen zu denken. Beer hat dabei übersehen, dass die Verse 346—361 unter keinen Umständen den πόλεις angehören, sondern nur von attischen Landbauern gesprochen sein können, womit denn die ganze Hypothese zusammenfällt. Eine Lösung der Schwierigkeiten und Widersprüche gibt es eben nicht. Vielmehr weist der Zwittercharakter des Chores mit aller Entschiedenheit auf eine Fusion zweier Chorbearbeitungen hin, und da ein solches Verhältniss nur denkbar unter der Voraussetzung einer doppelten Form desselben Stückes ist, so ist eben damit die Existenz des zweiten Friedens nachgewiesen. Es gibt aber noch andere Beweise für diese Thatsache:

V. 48 ist von Kleon die Rede. Der Dichter fordert in launiger Weise die Zuschauer auf, sie sollten einmal raten — auch in den Wespen findet sich eine solche naive Apostrophe an das Publikum v. 73: ἐπεὶ τοπάζετε — was es denn mit dem seltsamen Geschöpfe, dem Mistkäfer, für eine Bewandtniss habe, auf wen der Dichter damit abziele. Da meint denn ein gesprächiger Ionier — die Einführung des Ioniers ist, wie schon Paulmier gesehen hat, eine Bestätigung der Ueberlieferung, dass das Stück an den städtischen Dionysien gegeben wurde — es sei auf Kleon gemünzt „ὡς κεῖνος ἀναιδέως (man beachte die ionische Form) τὴν σπατίλην ἐσθίει" Nun war aber der berühmte oder besser gesagt berüchtigte Demagog wenigstens schon ein halbes Jahr nicht mehr unter den Lebenden. Nach Eratosthenes (siehe den Schol. zu unserer Stelle) liegen zwischen der Schlacht bei Amphipolis, in welcher Kleon fiel — aber nicht im Zweikampf mit Brasidas, wie der ungeschickte Scholiast zu v. 284 wissen will, sondern auf der Flucht von einem Peltasten schmählich erschlagen Thucyd. V 10 — acht Monate. Grote, Geschichte Griechenlands IV S. 11 berechnet deren vier bis fünf. Die Erwähnung des Kleon geschieht aber unter solchen Umständen, dass nur an den lebenden gedacht werden kann, und die gegenteilige Annahme einfach abgewiesen werden muss. Auch ist es nicht in der Art des Aristophanes, auf einen gefallenen Gegner zu witzeln; er selbst rühmt sich dessen in der Parabase der Wolken in Bezug auf denselben Kleon v. 550: κοὐκ ἐτόλμηϲ᾽ αὖθιϲ ἐπεμπηδῆϲ᾽ αὐτῷ κειμένῳ. Schnitzers Auskunft, der den Knoten mit der Bemerkung zerhauen will, es sei ja ein Ionier, der so von Kleon spreche, und von einem solchen müsse man nicht erwarten, dass er mit allen Athen betreffenden Ereignissen vertraut gewesen sei, verdient kaum die Widerlegung. Kleons Tod war ein Ereigniss von einer über die Grenzen Attikas weit hinausgehenden und die ganze hellenische Welt berührenden Bedeutung, wovon man in Milet ebensogut wie in Athen wusste. Auch hätte der unwissende Ionier gleich bei seiner Ankunft in Athen von diesem Vorfall hören müssen. Mit dieser Auslegung ist es also nichts. Der Widerspruch ist auch hier unlösbar. Wir haben hier eine Stelle, die in dem Frieden von 421 nicht gestanden haben kann. Dies spricht wiederum für die Existenz eines zweiten Friedens.

Genau denselben Fall haben wir v. 479. Wir setzen die beiden Verse, die eine gewaltige Schwierigkeit bezüglich der Interpretation machen, hieher:

ἆρ᾽ οἶϲθ᾽ ὅϲοι γ᾽ αὐτῶν ἔχονται τοῦ ξύλου,
μόνοι προθυμοῦντ᾽, ἀλλ᾽ ὁ χαλκεὺϲ οὐκ ἐᾷ. —

Es handelt sich zunächst darum, wer unter den ἔχονται τοῦ ξύλου zu verstehen ist. Niemand anderer, als die auf Sphacteria von Kleon gefangenen und seitdem in Haft gehaltenen Spartaner, auf deren Schicksal der Dichter auch anderswo, Ritter v. 469 und Wolken v. 186 angespielt hat. Man hat diese Auslegung, die übrigens schon eine alte ist — der Scholiast sagt zu dieser Stelle: τοῦτο οὐ μόνον διὰ τὸ κεκμηκέναι τῷ πολέμῳ, ἀλλὰ καὶ διὰ τοὺς ἐν Σφακτηρίᾳ τριακοσίους τοὺς δεδεμένους τῷ ξύλῳ τῆς ποδοκάκκης τοῦ νῦν καλουμένου κούσπου — bestritten: Richter in der Note zu dieser Stelle billigt die Erklärung Paulmier's, der sich folgendermassen über den Sinn dieser Verse auslässt (Exercitationes criticae p. 745): *Intelligit* ξυλούργους, *qui aratra, ligones, rastros et alia pacis et arationis instrumenta faciebant et ideo pacem expetebant, ideo quod eorum artes in pace magis expetitae et lucrosae.* Nichts ist falscher als diese Interpretation. Dass ἔχεσθαι τοῦ ξύλου heissen soll „sich mit Arbeiten in Holzmaterial beschäftigen" credat Iudaeus Apella. Dass überhaupt an Athener gar nicht gedacht werden kann, zeigt der Zusammenhang unwiderleglich. Man lese die ganze Stelle unbefangen in Verbindung mit dem Vorhergehenden und man wird sich augenblicklich überzeugen, dass eine andere Beziehung als auf die Lacedaemonier geradezu unmöglich ist. Trygaeus gibt den Lacedaemoniern, die sich im Chore befinden, das ehrende Zeugniss, dass dieselben bei der Heraufziehung der Irene redlich das Ihrige thun, v. 478: ἀλλ' οἱ Λάκωνες ὦ'γάθ' ἕλκουσ' ἀνδρικῶς. Darauf der Chor: ἆρ' οἶσθ' ὅσοι γ' αὐτῶν ἔχονται τοῦ ξύλου, μόνοι προθυμοῦντ'. — Diese Worte enthalten eine Einschränkung des von Trygaeus gespendeten Lobes. Nicht alle Laconer, meint der Chor, haben Verlangen nach dem Frieden, sondern nur (μόνοι) diejenigen, welche — wir setzen den schwierigen Ausdruck einstweilen her, um gleich weiter unten dessen Erklärung zu geben – ὅσοι γε (man beachte das limitirende γε) ἔχονται τοῦ ξύλου. Wie man bei einem so klar vorliegenden Gedankenverhältniss eine Beziehung auf Bewohner Attikas annehmen kann, ist ganz unbegreiflich. Alles kömmt jetzt auf die richtige Erklärung der Worte ἔχονται τοῦ ξύλου an. Die Stelle enthält einen Doppelsinn, wie dies bei dem geistreichen Dichter so oft vorkömmt: zunächst ist unter den Spartanern — denn nur von solchen kann die Rede sein — an die Sparta repräsentirenden Choreuten zu denken, welche mit der Heraufziehung der Irene beschäftigt sind. Es muss angenommen werden, dass an dem Seile, mit dem man die Hebung der Göttin zuwege bringen will, sich ein oder mehrere Holzstücke befinden, um die Zugkraft zu verstärken und so die Arbeit des Heraufziehens zu erleichtern. Von denjenigen, die sich an einem solchen Holzstücke anhalten, heisst es „ἔχονται τοῦ ξύλου". Gleichzeitig ist aber auch ein Seitenblick auf die Spartaner geworfen, welche in atheniensischer Gefangenschaft schmachten und die hölzerne Halsschraube tragen müssen. So entsteht ein Doppelsinn der schönsten Art, wobei die beiden Vorstellungen dermassen ineinanderfliessen, dass notwendig mit der einen auch das Verständniss der anderen gegeben ist. Wir dürfen uns überzeugt halten, dass die Anspielung von den Athenern, deren rasches Auffassen der Dichter oftmals hervorhebt, (siehe die Ausleger zu Ranae v. 1110) auf der Stelle verstanden wurde.

Jetzt erst, nachdem wir uns über die Deutung des ersten Verses verständigt haben, können wir an die Erklärung des zweiten gehen. Hier gibt es eine neue Schwierigkeit in den Worten: „ἀλλ' ὁ χαλκεὺς οὐκ ἐᾷ". Es frägt sich, wer hier gemeint ist. Paulmier hat sich auch hier in eine wunderliche Auslegung verrannt a. a. O. S. 745; er meint, der Ausdruck χαλκεύς stehe collektiv für Erzarbeiter überhaupt und will nun herausfinden, dass diese Arbeiterklasse mit Absicht den Holztechnikern, welche er unter den ἔχονται τοῦ ξύλου verstanden wissen will, entgegengesetzt werden, als diejenigen, welche an der Fortsetzung des Krieges das meiste Interesse haben, weswegen sie eben die ξυλουργοί in der Heraufziehung der Irene behindern. Er sagt: *At χαλκεύς, cuius ars arma fabricabat, pacem impedire volebat, ne suum lucrum cessaret.* Eine Bestätigung dieser Ansicht glaubt Paulmier in den Versen 545 u. f. gefunden zu haben. Es braucht nicht erörtert zu werden, wie verfehlt diese Exegese ist. Das Richtige hat schon Florens Christianus gesehen: Der χαλκεύς ist kein anderer als Kleon. Dies geht aus der schon citirten Stelle der Ritter mit Evidenz hervor v. 469: ἐπὶ τοῖc δεδεμένοιc χαλκεύεται. Hier ist von Kleon die Rede, der auf die Leiber der gefangenen Spartaner seinen Hammer fallen lässt. Die Gleichheit des Wortlautes χαλκεύς — χαλκεύεται erhebt es zur Gewissheit, dass auch an unserer Stelle Kleon gemeint ist, der vielleicht in Folge des in den Rittern gebrauchten und seitdem sprüchwörtlich gewordenen Ausdruckes hier so genannt ist. Anderseits ist es einleuchtend, dass die ἔχονται τοῦ ξύλου zu χαλκεύς in derselben Beziehung stehen müssen, wie die δεδεμένοι zu χαλκεύεται und da nun unter den Letzteren die edlen Spartiaten zu verstehen sind, so erhält durch diese schlagende Parallelstelle unsere Deutung des Verses v. 479 ihre volle Bestätigung. Wir haben gesehen, dass auch der Scholiast die Worte ἔχονται τοῦ ξύλου erklärt mit τοὺς δεδεμένους τῷ ξύλῳ τῆς ποδοκάκκης. Wir kommen zum Schluss dieser etwas in die Breite gegangenen Betrachtung. Der Sinn der Stelle ist: Kleon verhindert die Spartaner in ihren Friedensbestrebungen. Der Dichter meint die seit mehr als drei Jahren in Athen gefangen gehaltenen Spartiaten, deren Freigebung sich bekanntlich Kleon so beharrlich widersetzt hat. Es ist auch hier von dem lebenden Kleon die Rede. Daraus geht mit Sicherheit hervor, dass diese Stelle in dem 421 aufgeführten Frieden nicht gestanden haben kann, in dem nur von dem todten Demagogen die Rede sein konnte, wie dies auch thatsächlich an mehreren Stellen der Fall ist v. 269, v. 314.

Mit dem bisher Gesagten scheint uns der Beweis geliefert zu sein, dass es einen doppelten Frieden gab. Sind schon die Aussagen des Krates und Eratosthenes und die nicht mehr vorhandenen, aber aus dem Frieden citirten Stellen genügende Belege dafür, so lässt der Mischcharakter des Chores, der in seiner bunten Gestalt unmöglich so aus den Händen des Dichters hervorgegangen sein kann, sowie das Vorhandensein von Stellen, welche mit der Zeitrechnung in keinem Falle in Uebereinstimmung zu bringen sind, keinen Zweifel an der Richtigkeit dieses Faktums aufkommen. In den erhaltenen Frieden sind aus der anderen Bearbeitung grössere und kleinere Stellen übergegangen, wodurch der einheitliche Charakter des Stückes eine wesentliche Störung erlitten hat. Zumeist hat der Chor unter diesem Verhältnisse Schaden genommen. Aber auch sonst zeigen sich die misslichen Folgen dieser Contamination. V. 1293 ist ausser allem Zusammenhang, und sind alle Bemühungen, hier die Ordnung herzustellen, vergeblich geblieben. (Auch Enger, Rheinisches Museum Bd. IX S. 574, wusste nicht, was mit der Stelle anzufangen sei.) Es zeigt sich eben auch hier die nachteilige Einwirkung der zweiten Bearbeitung. Nicht anders steht die Sache am Schlusse des Stückes v. 1305—1316, wo gleichfalls die doppelte Recension verderblich für die Textgestaltung scheint gewesen zu sein. Trygaeus geht mit v. 1305 von der Bühne ab (Richters Annahme, dass dies erst mit v. 1310 geschieht, ist irrig). Von da beginnt die Chorpartie, in der offenbar zwei verschiedene Fassungen neben einander hergehen.

Dass man sich unter dem zweiten Frieden nicht eine neue Schöpfung, sondern nur eine Umarbeitung des ersten zu denken hat, ergibt sich aus dem Voraufgehenden von selbst. Schwieriger ist die Frage zu beantworten, in welchem Umfange die Umgestaltung vorgenommen wurde. Von Detailangaben kann bei dem Mangel an Zeugnissen keine Rede sein. Doch lassen sich immerhin einige Hauptpunkte mit Sicherheit feststellen. Vor Allem muss der Chor in der einen Bearbeitung eine ganz andere Gestalt gehabt haben. Es scheint uns keinem Zweifel unterworfen zu sein, dass derselbe in dem einen Frieden aus attischen Landbauern, in dem andern aus den hellenischen Πόλεις bestanden hat. Wir haben für Ersteres eine Andeutung in dem Wortlaute der zweiten Hypothesis, wo es heisst: ὁ δὲ χορὸς cυνέcτηκεν ἐκ τινων ἀττικῶν γεωργῶν. Ferner haben wir guten Grund zu vermuten, dass an der Stelle der Göttin Εἰρήνη mit ihren personificirten Emanationen Ὀπώρα und Θεωρία, Herbstwonne und Festfeier (Curtius), die Gestalt der Γεωργία getreten ist. Wir schliessen dies aus einem Fragment, das als zum Frieden gehörig angeführt wird Bergk, frg. Aristoph. p. 177 frg. II:

A. Τοῖc πᾶcιν ἀνθρώποιcιν Εἰρήνης φίλης
πιcτὴ τροφός, ταμία, cυνεργός, ἐπίτροπος,
θυγάτηρ, ἀδελφή, πάντα ταῦτ' ἐχρῆτό μοι
B. col δ' ὄνομα δὴ τί ἐcτιν; A. ὅτι; Γεωργία.
B. ὦ ποθεινὴ τοῖc δικαίοιc καὶ γεωργοῖc ἡμέρα,
ἄcμενός c' ἰδὼν προcειπεῖν βούλομαι τὰc ἀμπέλους.

Die beiden letzten Verse sind dieselben, die man auch in unserem Stücke liest v. 560, 561: hierüber weiter unten. Es ward also, wie das Fragment zeigt, die Georgia persönlich eingeführt, eine von den Göttergestalten, deren Neuprägung speciell der Komödie angehört. Es ist aber durchaus unwahrscheinlich, dass der Dichter neben der Irene und den untergeordneten Wesen Theoria und Opora auch noch die Georgia habe auftreten lassen, wodurch eine Ueberfüllung der Komödie mit symbolischen Gestalten eingetreten wäre. Eine Ersetzung der einen Hauptfigur durch die andere ist daher zu vermuten. Weiter lassen sich die Unterschiede zwischen den beiden Stücken nicht verfolgen; doch ist auch schon das Angegebene von der Art, dass die Verschiedenheit keine geringe war. In dem anderen Frieden müssen dann auch die Stellen gestanden haben, die sich als zu der Aufführung von 421 nicht gehörig ausgewiesen haben.

Wir haben noch die Frage zu besprechen, in welchem Jahre wohl die andere Aufführung anzusetzen sein mag, sodann welcher von beiden Frieden der in unseren Händen befindliche ist. Anlangend den ersten Punkt weisen die auf den lebenden Kleon bezüglichen Stellen mit aller Bestimmtheit auf die Zeit vor 421 hin und zwar muss dieselbe als zwischen dem Ereigniss von Pylos und der Schlacht bei Amphipolis liegend näher bestimmt werden. Denn zwischen diese beiden Endpunkte fällt die politische Rolle, die Kleon spielte, sein Emporkommen und sein Untergang. Wir haben also die Lenäen und Dionysien der Jahre 424, 423 und 422 zur Verfügung. Im Jahre 424 ist die Aufführung einer Friedenskomödie durchaus gegen alle Wahrscheinlichkeit. Das war nicht die Zeit, wo die Athener friedensbedürftig waren, vielmehr hatte der unerhörte Erfolg die Hoffnungen auf den endlichen Sieg ins Ungemessene gehoben, und war man kriegslustiger denn je. Nur wenige Männer vom Schlage des Aristophanes behielten über der Aufregung des Tages die besonnene Würdigung der atheniensischen Interessen bei, wie denn auch der Dichter selbst in den Rittern gegen den Schluss des Stückes durch Vorführung der reizenden Friedensnymphen die Unveränderlichkeit seines Standpunktes zeigt. In der grossen Masse aber war kein Verständniss für diese Anschauungen. Anders lagen die Dinge in den beiden folgenden Jahren. Da hatte die schwere Niederlage bei Delium die Kriegslust wieder abgekühlt, und hatten sich die Athener durch die überraschenden Erfolge der spartanischen Waffen unter Brasidas auf der Halbinsel Chalcidice zum Abschluss eines einjährigen Waffenstillstandes bewegen lassen. Dies war eine Zeit für die Vorführung einer Friedenskomödie, ja man kann sagen, dass während der ganzen Dauer des peloponnesischen Krieges kein Moment geeigneter war, den Friedensbestrebungen das Wort zu reden, wie gerade damals, wo die Wage zwischen Krieg und Frieden schwankte. Da war es am Platze, wenn der Dichter den durch die Wechselfälle des Krieges hartbetroffenen, aber immer noch trotzköpfigen Bürgern die lieblichen Bilder eines behaglichen Lebens im Frieden vorführte und so die Gemüter mit der Sehnsucht nach Ruhe und Genuss zu erfüllen suchte. Man hatte bereits einen Vorgeschmack davon in den Vorteilen der Waffenruhe: es kam darauf an, dass aus diesem Zustande der vollständige Friede hervorgehe und dazu wollte eben der Dichter mitwirken. Es kann keine Frage sein, dass eine Friedeskomödie in diesen Zeitläuften, wo alles in der Schwebe war, unendlich mehr zeitgemäss war, als im Frühjahr 421, wo die Verhältnisse bereits dahin gediehen waren, dass der Abschluss des Friedens so gut wie fest stand und es des mithelfenden Dichterwortes gar nicht bedurfte. Denn nach dem Zeugnisse des Thucydides V 20 wurde der Friedensvertrag zwischen Sparta und Athen geschlossen wenige Tage nach den städtischen Dionysien 421: αὗται αἱ cπονδαὶ ἐγένοντο τελευτῶντοc τοῦ χειμῶνοc ἅμα ἦρι ἐκ Διονυcίων εὐθὺc τῶν ἀcτικῶν. So ergibt sich denn auf dem Wege einer einfachen Berechnung das Jahr der Waffenruhe als Aufführungszeit des ersten Friedens, und wir haben nur die Wahl zwischen den Lenäen und Dionysien der Jahre 423 und 422. Warum wir uns für letzteres entscheiden, davon gleich weiter unten. Man übersehe nicht, dass Aristophanes um dieselbe Zeit auch seine Lastschiffe aufgeführt hat, eine Komödie, deren Tendenz dieselbe wie die der Acharner, des Friedens, der Lysistrate u. a. war, zu Gunsten des Friedens zu wirken. (Argument I zum Frieden.) Die Ὁλκάδεc wurden aufgeführt an den Lenäen 423 unter dem Archon Isarchos, zwei Monate vor den Wolken. Dafür, dass der erste Frieden innerhalb der Periode des Waffenstillstandes gegeben wurde, lässt sich ein Zeugniss aus unserem Stücke selbst beibringen. v. 917 lesen wir: ἀλλ' ηὗρον ἄν c' ὑπέχοντα τὴν ἐκεχειρίαν. Wenn nicht alles täuscht, so hat der Dichter mit dem Worte ἐκεχειρία in einem hübschen Doppelsinn auf den einjährigen Waffenstillstand angespielt (Thucyd. V 15: τὴν ἐνιαύcιον ἐκεχειρίαν) und so hat auch der Scholiast die Stelle gedeutet: ἐπειδὴ ἐκεχειρίαι τότε πρὸc τοὺc Λάκωναc ἦcαν αὐτοῖc. Einen weiteren Stützpunkt für unsere Hypothese finden wir in den Worten des vierten Arguments: ἕτοιμον ὄντα πρὸc κακουχίαν τὴν πρότερον. Es ist von Polemos die Rede, der nach der Darstellung des Aristophanes die hellenischen Städte in einem Mörser mit einem kolossalen Stämpfel zerstossen will. Die Worte haben nur dann einen Sinn, wenn sie unter der Voraussetzung geschrieben sind, dass sich die betreffende Scene in einer Friedenskomödie von 422 befinde, wo die Waffenruhe eben zu Ende ging und die Erneuerung der Kriegsschrecken zu erwarten stand, dahingegen im Frieden von 421, zu einer Zeit gegeben, wo die Drangsale des Krieges eben ihr Ende erreichten, jede Beziehung fehlt. Dies sind die Gründe, die uns für die

Aufführungszeit zwischen 423 und 422 bestimmten. Wenn wir dem Jahre 422 den Vorzug geben, so geschieht dies auf Grund der Angabe des Scholiasten zu v. 907: ἀπὸ δὲ τῆς τῶν Ἀχαρνέων διδασκαλίας γ' ἔτη εἰςίν. Dies stimmt nicht zu dem Frieden von 421, der von den Acharnern um vier Jahre entfernt liegt; wohl aber führt es zu dem Jahre 422. Der Umstand, dass in diesem Jahre der Dichter mit noch zwei Stücken hervorgetreten ist, mit dem Proagon, den er dem Philonides überliess, und den Wespen, kann uns nicht abhalten, auch den ersten Frieden in dieses Jahr zu setzen. Der Dichter stand damals in der vollen Kraft des Schaffens, so dass diese dreifache Leistung ihm wohl zugetraut werden darf.

Demnach stellt sich die Sache so:

Aristophanes hat den ersten Frieden im Jahre 422 aufgeführt, vermutlich an den Lenäien, weil der Chor aus attischen Landleuten bestand. Das Jahr darauf wiederholte er das Stück nach vollzogener Umarbeitung. Hier bildeten die hellenischen Städte den Chor. Möglich, dass in Bezug auf den Chor das umgekehrte Verhältniss Statt fand, wie Droysen (Einleitung zu der Uebersetzung des Friedens I S. 353) statuirt hat. Aber unsere Annahme hat die historischen Verhältnisse für sich. Das Friedensbedürfniss, das im Jahre 422 noch ein specifisch attisches (und spartanisches) Interesse war, war inzwischen durch die Ausdehnung des Krieges auf andere hellenische Gebiete, insonderlich durch die grossen Ereignisse auf Chalcidice ein allgemein hellenisches geworden. Daher im Frieden von 422 die γεωργοί, in dem von 421 die hellenischen πόλεις selbst der naturgemässe Chor sein dürften. Der auf uns gekommene Friede ist die zweite Bearbeitung, versetzt mit Bestandteilen der ersten.

Wir können diese Abhandlung nicht schliessen, ohne einer geistreichen Conjectur Fritzsche's Erwähnung gethan zu haben, der den anderen Frieden als identisch mit den Γεωργοί, einer verloren gegangenen Komödie des Aristophanes erklärt. Es ist diese Vermutung an mehreren Stellen der Fritzsche'schen Schriften ausgesprochen: de Daitalensibus p. 119: *in Pace altera sive* Γεωργοῖϲ. Quaest. Aristoph. p. 112; in der Zeitschrift Euphrosyne S. 23: *in Georgis sive pace* II; de Daitalens. p. 131: *Etenim* Γεωργοί *fabula nihil aliud fuit, quam Pacis eius, quae aetatem tulit, editio altera.* Eingehend scheint Fr. diese Frage in dem Schriftchen: „de Pace utraque brevis disputatio" behandelt zu haben; doch ist uns diese Arbeit nicht zugänglich gewesen.*) Auch Bergk, de Reliquiis comoed. attic. p. 323 hat sich für diese Ansicht ausgesprochen, später aber diese seine Zustimmung wieder zurückgenommen frg. Aristoph. p. 177. Zu Gunsten der bestechenden Hypothese Fr. lässt sich etwa Folgendes vorbringen: Einmal muss zwischen den Georgoi und dem Frieden eine grosse Verwandtschaft des dramatischen Sujets und seiner Behandlung gewesen sein; dies hat schon Süvern hervorgehoben (Abhandlung über das Alter S. 29). Dazu kömmt, dass die Γεωργοί, wie Fritzsche nachweist, de Daital. p. 131, schon im Altertum unter dem Namen Εἰρήνη gegangen sind. Besonders schwer in die Wagschale aber muss der Umstand fallen, dass in dem ersten Frieden der Chor aus γεωργοί bestand, was die Identität der beiden Stücke sehr wahrscheinlich macht, und nicht minder gewichtig ist, dass die Γεωργοί genau in dieselbe Zeit fallen, in welche wir die Aufführung des ersten Friedens auf Grund bestimmter Thatsachen ansetzen zu müssen glaubten. Dies geht aus dem Inhalte eines Fragmentes, in welchem Nicias wegen der dem Kleon abgetretenen Strategie aufgezogen wird, mit Gewissheit hervor. Bergk, fr. A. p. 97 fr. I. Wenn Gaisford Recht hätte, dass das bei Bergk stehende, von uns bereits vollständig angeführte frg. II, dessen beide letzten Verse auch in unserem Frieden stehen, v. 560: ὦ ποθεινή u. f., den Γεωργοί angehörte, so wäre das ein Beleg mehr für die Richtigkeit der von Fritzsche aufgestellten Behauptung, da sich eben aus dem Umstande, dass

---

*) Auf der Münchener Staatsbibliothek ist diese Abhandlung nicht vorhanden; sonstige Nachforschungen sind erfolglos geblieben.

die ersten vier Verse des Bruchstückes aus den Georgoi wären, die letzten zwei aus dem Frieden sind, die Identität beider Stücke folgern liesse. Indes gegen die Annahme Gaisfords, der zu seiner Vermutung durch die Erwähnung der Γεωργία veranlasst worden zu sein scheint, hat schon Dindorf, frg. A. p. 12, Einsprache erhoben, der sogar so weit geht, dass er die ersten vier Verse — denn er hält das Fragment als eine Zusammenstückelung zweier verschiedener Bestandteile, die nur dem Sinne nach unter sich verwandt sind — der alten Komödie aberkennt und der neuen vindicirt, aus der sie vielleicht ein Rest des Γεωργός des Menander seien. Wenn auch hierin Dindorf zu weit geht, so darf doch der Hinweis auf die wahrscheinliche Genesis des Fragmentes nicht übersehen werden, so dass eine Schlussfolgerung auf Grund der ganzen Stelle nicht rätlich ist. Indess sind schon die von uns angeführten Motive von der Art, dass sie für sich allein der Hypothese Fritzsche's einen hohen Grad von Wahrscheinlichkeit verleihen, wenn auch dieselbe den Charakter der Evidenz nicht beanspruchen kann. Nur darin hat sich Fritzsche geirrt, dass die Γεωργοί als die Diaskeuase des Friedens zu betrachten seien: unsere Betrachtungen haben gezeigt, dass vielmehr das umgekehrte Verhältniss in dem Falle der Identität beider Stücke angenommen werden muss.

Noch muss bemerkt werden, dass auch Stimmen für einen Frieden nach 421 laut geworden sind und dass dieser Frieden das auf uns gekommene Drama sei. Paulmier Ex. crit. p. 742 und 748 will das Stück in das Jahr 419 setzen, in das Archontat des Astyphilos. Veranlassung dazu gaben ihm zwei Stellen. Einmal v. 989: οἵ cου τρυχόμεθ᾽ ἤδη τρία καὶ δέκ᾽ ἔτη, da bis zum Jahre 421 nicht 13, sondern erst 10 Jahre verflossen seien. Dies ist allerdings richtig und wird bestätigt durch Thucydides V 20: αὐτόδεκα διελθόντων καὶ ἡμερῶν ὀλίγων παρενεγκουcῶν ἢ ὡς τὸ πρῶτον ἡ εἰcβολὴ ἡ ἐc τὴν Ἀττικὴν καὶ ἡ ἀρχὴ τοῦ πολέμου τοῦδε ἐγένετο. Indes wenn man annimmt, dass der Dichter nicht von dem eigentlichen Beginn des Krieges zwischen Sparta und Athen gerechnet habe, sondern von den den grossen Kampf einleitenden Ereignissen, wir meinen die Streitigkeiten zwischen Corcyra und Corinth, ausgegangen sei, so findet die Hervorhebung der dreizehnjährigen Dauer des Krieges ihre genügende Erklärung. Soweit zurückzugehen entsprach auch ganz dem Zwecke des Dichters, der durch den Hinweis auf die lange Dauer der Kriegsunruhen das Verlangen nach endlicher Ruhe erwecken wollte. Auch Grote hat sich gegen die Schlussfolgerung aus v. 989, der übrigens auch Brunck und Clinton (Fast. Hell.) beigetreten waren, ausgesprochen. (Geschichte Griechenlands IV S. 11 Anmerk. 17.) Einen zweiten Anlass für seine Hypothese nahm Paulmier (p. 745) aus v. 492. Es ist von den Argivern die Rede, dass sie der Heraufholung der Irene entgegen seien: τοὺς δ' ἀντισπᾶν· πληγὰς λήψεσθ' ἀργεῖοι. Diese Stelle schien dem P. nur in der Zeit nach dem Frieden des Nicias haben geschrieben werden zu können, wo die Argiver nach Ablauf des mit Sparta geschlossenen Friedens sich wieder in die hellenischen Angelegenheiten einmischten und den Gegensatz zwischen Athen und Sparta schärften. Indes finden diese Worte auch im Jahre 421 ihre gute Erklärung. Die Argiver, die zur Wiederaufnahme des Krieges mit Sparta schon damals entschlossen waren und lieber den Kampf an der Seite eines mächtigen Bundesgenossen, wie Athen war, als allein führen wollten, suchten die Aussöhnung der beiden Hauptgegner zu hintertreiben und hetzten zur Fortführung des Krieges. Auf diese Umtriebe hat der Dichter hier und v. 475 angespielt. Damit ist denn die Ansicht Paulmier's als unbegründet erwiesen. Wir bemerken noch, dass eine Friedenskomödie im Jahre 419, wo zwischen Athen und Sparta Friede, wenn auch nur ein äusserlicher bestand, gar keinen Sinn hat. Dies hat auch Richter, Proleg. zu seiner Ausgabe des Friedens S. 4, mit gutem Grunde geltend gemacht.

Noch weiter herunter müsste die Wiederholung des Friedens angesetzt werden, wenn auf die Notiz des Scholiasten zu v. 117 etwas zu geben wäre, der in Bezug auf die Chier sagt: ἢ μᾶλλον αὐτοὺς κωμῳδεῖ διὰ τὸ ὑπονοεῖν αὐτοὺς ἀποcτήcεcθαι. Nun ist es aber bekannt, dass die Chier die treuesten Bundesgenossen der Athener waren, was diese auch anerkannten, indem sie dieselben auf alle mögliche Weise auszeichneten und sogar in ihre officiellen Gebetsformeln einschlossen, daher der Witz in den Vögeln des Aristophanes v. 880: Χίοιcιν ἥcθην πανταχοῦ προcκειμένοιc. Erst nach der Niederlage der Athener auf Sicilien änderte sich dieses Verhältniss, und nahmen auch die Chier an dem allgemeinen Abfall der Bündner von Athen Teil. Thucydides VIII 5. — Grote III 593. Es müsste also die Wiederaufführung des Friedens um die Zeit der Vögel, etwa 413 statuirt werden. Indes wer möchte auch eine solche Folgerung auf die Gewährschaft eines Scholiasten hin wagen? — Noch weiter herunter ist Richter gegangen, der das Jahr nach den Fröschen 404 für die Aufführung des zweiten Friedens anzunehmen geneigt ist. Proleg. zum Frieden S. 24.

Alle diese Hypothesen von einem Frieden nach 421 sind einfach als unhaltbar abzulehnen.

III.

Die Wespen.

Von den Wespen ist nichts überliefert, was auf eine Wiederholung, eine Diaskeuase hindeutete. Und doch sind starke Spuren vorhanden, dass eine solche Statt gefunden habe. Wir betrachten das Einzelne:

Es ist auffällig, dass bis jetzt Niemand an dem Chorgesang v. 1450—1473 Anstoss genommen hat. Wenn man denselben im Verhältniss zu seiner nächsten Umgebung prüft, so stellt es sich auf der Stelle heraus, dass hier nicht der mindeste dramatische Zusammenhang besteht. Man erwäge: der Chor setzt auseinander, dass Naturen, wie Philocleon eine ist, gar gern in das Gegenteil umschlagen: ἕτερα δὲ νῦν ἀντιμαθών — ἦ μέγα τι μεταπεσεῖται — ἐπὶ τὸ τρυφῶν καὶ μαλακόν. Diese Worte haben offenbar den Zweck, den Zuschauer auf die bevorstehende Wendung in dem Handeln des Philocleon vorzubereiten, der aus einem hartgesottenen Dikasten ein ausgelassener Trunkenbold und Skandalmacher wird. Wir haben eine ganz ähnliche Stelle in den Wolken v. 1305, wo der Chor auf die bald eintretende Umkehr in den Anschauungen des Strepsiades wie im prophetischen Tone hinweist. Verfolgt man aber die Entwicklung der Wespen bis zu unserer Stelle, so sieht man ohne weiteres ein, und bedarf dieses gar nicht des näheren Nachweises, dass der Chor mit seinen Voraussagungen ein für allemal zu spät kömmt. Philocleon hat ja schon mehrere Proben seiner Umwandlung gegeben, er ist mit einer Buhldirne am Arme vom Gelage kommend aufgetreten, hat mit aller Welt Händel angefangen, die ihm in den Weg Kommenden durchgewalkt, eine Brodhökerin mit der Fackel geschlagen und ihren Auslegekram umgeworfen, zu guter Letzt, um das Mass seiner Tollheiten voll zu machen, auch noch einen öffentlichen Ankläger auf die mutwilligste Weise zum Gespötte gehabt. Es ist also bereits in aller Fülle eingetreten, wovon der Chor vorahnenden Geistes spricht, so dass seine Weissagung sicherlich nicht am Platze ist.*) Aber auch der sonstige Inhalt des Chorliedes passt nicht zu der Stelle, an der das Drama bereits angelangt ist. In der zweiten Hälfte seines Vortrages ergeht sich der Chor in Lobesworten auf den Sohn Bdelycleon, der es sich habe so sauer werden lassen, den Vater wieder zur Vernunft zu bringen und den Gefühlen der Menschenliebe zugänglich zu machen. v. 1462 u. f. Es wird mit Anerkennung der siegreichen Beredsamkeit gedacht, mittels derer es ihm gelungen sei, dem Vater das Scheinglück des Heliastenlebens in seiner Nichtigkeit darzustellen v. 1470: τί γὰρ ἐκεῖνος ἀντιλέγων οὐ κρείττων ἦν κ. τ. λ. Es gehört nicht viel dazu, um einzusehen, dass der Chor in dieser Weise nur sprechen kann unmittelbar oder bald nach Beendigung des rednerischen Zweikampfes, aus welchem Bdelycleon als Sieger hervorgeht, nicht aber hier, nachdem die Handlung schon weit über jenen Punkt hinausgeschritten, ja dem Abschluss bereits nahe gekommen ist. Kurz, der ganze Chorgesang gehört nicht hieher, ist eine Störung des dramatischen und logischen Zusammenhangs. Nun aber ist das Merkwürdige, dass sich kein Abschnitt innerhalb der Komödie angeben lässt, wo dieser Chor untergebracht werden könnte. Es leuchtet ein, wie schon diese Umstände für die an die Spitze gestellte Hypothese sprechen. Dieselbe empfiehlt auch Folgendes:

Betrachten wir die beiden grösseren Abschnitte v. 1292

---

*) Er ist, um mit Eupolis zu reden, Προμηθεὺς μετὰ τὰ πράγματα.

—1449 und v. 1474 bis zum Schlusse, so muss sofort die Gleichartigkeit der Behandlung in den einleitenden Partien befremden, die wie über einen Leisten gearbeitet aussehen. Hier wie dort tritt Xanthias im Tone eines tragischen Exangelos auf und erstattet über das inzwischen Vorgefallene dem Publikum Bericht; er erzählt, was aus dem Alten für ein toller Geselle geworden sei: es wird jedesmal hervorgehoben, dass derselbe dem Weine mehr als zuträglich zugesprochen habe, worauf dann beide Male Philocleon in eigener Person auftritt, dort als Komast, hier als rasender Wetttänzer. Diese Gleichförmigkeit in den Anfängen der bezeichneten Scenen ist durchaus auffällig; schon dass Xanthias zweimal mit einem Botenbericht auftritt und jedesmal seinen Wehruf über den verrückt gewordenen alten Herrn vorbringt, ist von einer ganz unerträglichen Monotonie. Es ist dies um so befremdender, als wir es mit einem Dichter zu thun haben, der es so sehr versteht, durch reiche Erfindung zu glänzen und anmutigen Wechsel zu erfreuen. Irren wir nicht, so ist v. 1474 der Ansatz einer zweiten Schlussscene deutlich zu erkennen.

Wir gehen einen Schritt weiter und ziehen die im Stücke vorkommenden Parodieen zu Rate, ob sich vielleicht durch sie ein Stützpunkt mehr für unsere Vermutung gewinnen lässt. Denn wenn sich Parodieen vorfänden, die sich nachweislich auf Stücke bezögen, deren Aufführung nach dem Jahr 422 — in diesem wurden bekanntlich die Wespen gegeben — Statt fand, so wäre damit der schlagende Beweis gegeben, dass wir das Stück nicht in der ursprünglichen Gestalt vor uns haben und nichts würde dann begründeter sein, als die Annahme einer zweitmaligen Aufführung, die nach den von uns gegebenen einleitenden Bemerkungen nur in der Form einer Diaskeuase gedacht werden könnte. Die Verse, an denen tragische Stellen parodirt werden, sind 751. 757. 763. 111. 313. 375. 1069. 1326. 1160. (Wir haben geflissentlich von der Aufzählung nach der Reihenfolge abgesehen.) Die ersten drei sind für uns von keinem Belang, weil sie sich auf Stücke beziehen, die vor den Wespen gegeben wurden: Hippolytos (Alcestis), Bellerophon, die Creterinen. Auch die 4 nächstfolgenden helfen uns nicht, da sie sämtlich auf Tragödien gehen, über deren Aufführungszeit nichts ausgemacht ist: Stheneboia (2 mal), Theseus, Alcmene. Es bleiben uns also nur mehr zwei Stellen, die aber dafür auch entscheidend sind. Wir handeln zuvor von v. 1326: mit diesem Verse beginnt Philocleon die Reihe seiner Ausschreitungen und zwar lauten die betreffenden Worte: ἄνεχε πάρεχε. Dazu macht nun der Scholiast folgende Bemerkung: ὁ δὲ νοῦς παρὰ τὴν ἐν Τρῳάσι Κάσσανδραν „ἄνεχε, πάρεχε, φῶς φέρε· σέβω, φλέγω λαμπάσι τόδ᾽ ἱερόν." und gleich darauf ἐκ Τρῳάδων Εὐριπίδου. Ueber das Faktum, dass hier eine Parodie von v. 308 der Trojanerinen des Euripides vorliegt, kann kein Zweifel sein. Ist schon das Zeugniss des Scholiasten, dessen genaue Angabe eine zuverlässige Quelle voraussetzen lässt, nicht zu unterschätzen, so verleiht noch grössere Gewissheit der Umstand, dass auch in den Vögeln eine ganz ähnliche Stelle vorkömmt v. 1720: ἄναγε δίεχε πάραγε πάρεχε, zu welcher gleichfalls der Scholiast angibt: χλευάζει δὲ παρὰ τὰ ἐκ Τρῳάδων Εὐριπίδου. Die Verwandtschaft beider Stellen ist unverkennbar; die übereinstimmenden Worte stehen beiderseits zur Eröffnung einer Scene (wie dies auch in den Troades der Fall ist), nur ist in den Vögeln die Parodie scherzhaft weiter ausgeführt. Auch von der letzteren Stelle versichert uns der Scholiast, dass sie einen Vers der Troades parodire. Damit scheint uns die Parodie schon auf Grund äusserer Zeugnisse sicher gestellt zu sein. Es gibt aber noch ein inneres Zeugniss für dieses Faktum, zu entnehmen aus der Gleichheit der dramatischen Situationen an beiden Stellen bei dem Tragiker und dem Komiker. Bei Euripides ist es Cassandra, die wie eine Mänade auf der Bühne erscheint und sich einem seltsamen Schwärmen überlässt, bei Aristophanes ist es Philocleon, der von vielem Wein aufgeregt sein tolles Treiben beginnt. Hier wie dort ist es also eine Person, die sich im ekstatischen Zustande befindet und um den Parallelismus vollständig zu machen, so tragen auch beide eine Fackel, das charakteristische Attribut des Thyasoten. Vgl. Troades v. 308 und Wespen v. 1330: ταυτηὶ τῇ δᾳδὶ φρυκτοὺc cκευάcω, ein Umstand, der anderswo gleichgiltig sein mag, in diesem Falle die Uebereinstimmung von Bild und Gegenbild vollendet. Es findet also eine schlagende Aufeinanderbeziehung der einen Scene auf die andere Statt und in dem Deckenden dieses Verhältnisses ist die Bürgschaft für das Vorhandensein der Parodie gegeben. Dass auch in dem Satyrdrama Cyclops v. 203 die Worte ἄνεχε πάρεχε sich finden, ist bei so bewandter Sachlage von keinem Belang mehr.

Wir sehen uns jetzt um die Aufführungszeit der Troades um; Auskunft gibt uns derselbe Scholiast, dem wir obige schätzenswerte Notiz verdanken. Wir finden bei ihm den Zusatz: ὅμωc ὑcτερεῖ ἡ τῶν Τρῳάδων κάθεcιc ἔτεcιν ἑπτά. Da die Wespen ins Jahr 422 fallen, so ergibt sich für das Euripideische Stück das Jahr 415. Dies wird uns annähernd bestätigt von Aelian, V. H. II 8, der berichtet, die Trojanerinnen seien in der 91sten Olympiade in Scene gesetzt worden. In Uebereinstimmung mit dem schon vorliegenden Zeugnisse darf die Mitteilung des Aelian, der als Gewährsmann freilich eines sehr zweifelhaften Rufes geniesst (man lese das Urteil Cobets über diesen Autor Variae lect. pag. 666), immerhin eine Geltung beanspruchen. Es stehen uns aber noch andere Angaben über das Jahr, in dem die Trojanerinnen gegeben wurden, zu Gebote. Der Scholiast zu den Vögeln v. 842 macht die Anmerkung: μήποτε δὲ παρακωμῳδεῖ τὸν Εὐριπίδου Παλαμήδην οὐ πρὸ πολλοῦ δεδιδαγμένον. Nach dieser Notiz wurde der Palamedes nicht gar lange vor den Vögeln aufgeführt; der Palamedes gehörte aber zu derselben Didaskalie, in die die Trojanerinnen gesetzt werden, so dass also auch für diese die Aufführungszeit nicht gar lange vor den Vögeln feststeht. Damit kommen wir auf die vom Scholiasten zu v. 1326 der Wespen berichtete Thatsache hinaus, der zwischen den Wespen und den Trojanerinnen einen Zeitunterschied von sieben Jahren berechnet. Wir ziehen die

Schlussfolgerung: v. 1326 ist laut übereinstimmender äusserer und auf Grund eines inneren Zeugnisses Parodie des Verses 308 der Troades des Euripides; dieses Drama aber wurde nach Ausweis bestimmter und zuverlässiger Angaben im Jahre 415 aufgeführt. Da nun die Didaskalie der Wespen in das Jahr 422 fällt, so kann die in Rede stehende Stelle nicht in der damals gegebenen Komödie gestanden haben. Es muss also eine zweite Aufführung derselben gegeben haben.

Zu diesem Resultat führt auch die Betrachtung der anderen parodisch gehaltenen Stelle. v. 1160 sagt Philocleon: ἐχθρῶν παρ' ἀνδρῶν δυσμενῆ καττύματα. Wir nehmen keinen Anstand, diesen Vers als eine Parodie einer Stelle der Heracliden des Euripides zu erklären v. 1006: ἐχθροῦ λέοντος δυσμενῆ βλαστήματα. Dafür sprechen alle Anzeichen: der gleiche Anfang (ἐχθρῶν — ἐχθροῦ), der gemessene Gang (beiderseits keine Auflösungen), das doppelte δυσμενῆ, das viersilbige Wort jedesmal am Ende des Verses, die gleiche Formbildung in βλαστήματα — καττύματα, das deutliche Spiel des Witzes, das in der Verderbung jenes in dieses vorliegt. Wir fragen wiederum nach der Aufführungszeit der Heracliden. Ein äusseres Zeugniss dafür gibt es nicht; aber Böckh, de Gr. tragoed. princip. p. 190, hat mit einer überzeugenden Beweisführung, deren Gewicht durch die von Roscher, Leben, Werk und Zeitalter des Thucydides S. 540 fg., ausgesprochenen Bedenken uns nicht erschüttert zu sein scheint, das Stück in Olymp. 90, 3 = 417 gesetzt. (Zirndorfer's Vermutung, der das Drama in die Zeit der Ritter setzt, de chronologia fabularum Euripidearum pag. 27 ist von Roscher glänzend zurückgewiesen worden.) Ist dem aber so, dann kann auch diese Stelle nicht in den Wespen von 422 gestanden haben, und haben wir einen Beweis mehr für eine zweite Aufführung der Komödie.

Wir führen noch Folgendes an: Zu v. 1025: οὐδὲ παλαίστρας περικωμάζει κ. τ. λ. macht der Scholiast die Anmerkung: δι' Εὔπολιν ἐν Αὐτολύκῳ δὲ τοιαῦτά φησιν. Der Scholiast berührt hier ein Faktum, über das wir auch anderswoher unterrichtet sind. Eupolis hat im Autolycus den Aristophanes unsittlicher Knabenliebe beschuldigt. Es geschah dies ohne Zweifel aus Verbitterung gegen den glücklichen Nebenbuhler, dem er einst selber bei den ersten Leistungen war behilflich gewesen und von dem er sich jetzt in den Schatten gestellt sah. Ist nun der bezeichnete Vers wirklich eine Beziehung auf jene Bezichtigung des Eupolis — und allerdings machen die Worte den Eindruck berechneter Abwehr gegen vorausgegangene Ehrenkränkung — so enthält sie eine Bekräftigung unserer Ansicht von einer doppelten Recension der Wespen. Denn des Eupolis Autolycus wurde ein Jahr nach dem Frieden des Aristophanes gegeben (420) (wiederholt im Jahre 414 oder 413). Daraus würde folgen, dass auch v. 1025 nicht den Wespen von 422 könnte angehört haben. Wir sagen ausdrücklich v. 1025; denn was von diesem Verse gilt, kann nicht von dem ganzen Abschnitte, in welchem er steht, gesagt werden, da ja die ganze Parabase aus bekannten Gründen nur ein Jahr nach den Wolken gedichtet sein kann. Uebrigens muss zugegeben werden, dass die aus v. 1025 gezogene Folgerung keineswegs als ganz sicher betrachtet werden darf, weil sie lediglich auf die Autorität eines Scholiasten sich stützt, dessen Aussage denn auch bereits von Meineke, hist. critic. comic. p. 117, als Irrtum erklärt worden ist.

Es genügen indes die im Voraufgehenden geltend gemachten Gesichtspunkte, um die Hypothese von einer mit den Wespen vorgenommenen Diaskeuase als begründet erscheinen zu lassen. Und zwar stellt sich heraus, dass die Ueberarbeitung das letzte Dritteil des Dramas betroffen hat; was dem vorausgeht, scheint fast ganz unberührt geblieben zu sein.*) Denn dort stehen, wenn wir von v. 1160 absehen,

---

*) Wir stellen diesen Satz auf, obwohl uns aus dem ersten Teile des Dramas zwei Stellen bekannt sind, wo der Zusammenhang schwer verletzt ist. Die eine ist v. 799: ἀνάμενε νῦν· ἐγὼ δὲ ταῦθ' ἥξω φέρων. Wie aus dem Nachfolgenden genugsam hervorgeht, muss Philocleon die Aufforderung an seinen Sohn gerichtet haben, die zum Ge-

die bedenklichen Stellen: der Chor mit seinem nicht hieher gehörigen Inhalt, die Parodie auf den bezeichneten Vers der Trojanerinnen, der alle Anzeichen einer zweiten Bearbeitung an sich tragende Anfang der Schlussscene. Dieses Verhältniss der Umarbeitung würde auch ganz dem Charakter des Stückes entsprechen, das bis zum Eintritt der Parabase ein in sich abgerundetes, festgeschlossenes Ganzes bildet, wohingegen von da an ein loseres Gefüge von Scenen, ähnlich wie im Frieden, sich bemerkbar macht. Hier also war für eine Umarbeitung das geeignete Feld.

Noch ein Wort über die Zeit der Wiederaufführung. Diese muss jedenfalls nach dem Jahre 415 angesetzt werden, wie die Parodie auf die Stelle der Trojanerinnen zeigt; genauere Angaben sind nicht möglich.

Die Wespen sind ein Stück, das zufolge seiner Tendenz eine allgemeine Geltung hatte. Als Satire auf die Richterwut, ein im atheniensischen Volkscharakter tief eingewurzeltes Grundübel, kam der Komödie eine über den Moment

---

richthalten nötigen und herkömmlichen Gegenstände herbeizuschaffen. Nur unter dieser Voraussetzung hat es einen Sinn, wenn dieser sagt: ἐγὼ δὲ ταῦθ᾽ ἥξω φέρων. Dass etwas in dem angegebenen Sinne vorausgegangen sein muss, zeigen auch die Worte des zurückeilenden Bdelycleon v. 807: ἰδού· τί ἔτ᾽ ἐρεῖς; ὡς ἅπαντ᾽ ἐγὼ φέρω ὅσαπερ ἔφασκον. Nun ist aber von einem solchen Auftrag des Vaters oder einer darauf abzielenden Aeusserung des Sohnes nichts zu lesen und steht v. 799 buchstäblich ausser allem Anschluss. Reiske wollte für ταῦθ᾽ πάνθ᾽; indes hilft dieser Verbesserungsversuch über die Schwierigkeit nicht hinweg: die Anstände bleiben.

Nicht anders steht es mit der zweiten Stelle v. 860: ἀλλ᾽ ὡς τάχιστα πῦρ τις ἐξενεγκάτω. Es wird hier Feuer zum Opfer, was bei einer gerichtlichen Verhandlung zur feierlichen Eröffnung nicht fehlen durfte, verlangt und mit der Herbeiholung desselben Jemand beauftragt. Aber nach v. 812: καὶ πῦρ γε τουτί ist ja bereits Feuer vorhanden, und man sieht schlechterdings nicht ab, was dann jene Aufforderung heissen soll. Die Bedenken an beiden Stellen sind einleuchtend, weil begründet, indes von Niemand unsers Wissens hervorgehoben. Gleichwohl haben wir davon für unsere Hypothese keinen Gebrauch gemacht, deshalb, weil die vorliegenden Schäden auch auf andere Weise ihre Erklärung finden. An der ersten Stelle scheint eine Lücke, an der zweiten ein Einschiebsel angenommen werden zu müssen.

der ersten Aufführung weit hinausgehende Bedeutung zu und konnte dieselbe, Einzelnes abgerechnet, aufgeführt werden, so lange die Form der alten Komödie bestand.

―――――――

Nachträglich soll noch über den Schluss der Wespen gehandelt werden; doch stehen diese Bemerkungen mit dem Voraufgehenden in keinem direkten Zusammenhange. Mit v. 1474 tritt Xanthias auf und erzählt uns, Philocleon habe einen Anfall von Tanzwut bekommen und tanze bereits die ganze Nacht wie ein Besessener. Es dauert nicht lange und der Alte erscheint selber, macht seine tollen Sprünge und fordert die Söhne des Karkinos zu einem orchestischen Wettkampf heraus. Diese kommen denn auch wirklich herangewackelt, winzige Figuren, wie sie der Dichter darstellt, und unter Aufführung eines lustigen Ballets, gewürzt mit den Kernwitzen des Philocleon, schliesst das Stück ab. Dieser Ausgang der Komödie ist seltsam genug. Jedermann sieht sofort, dass die letzte Scene mit dem eigentlichen Inhalte des Dramas nichts zu schaffen hat. Denn was gäbe es auch für einen geistigen Faden, der von der Tendenz der Wespen, Geisselung des Dikastenwesens, zu der Verspottung der Karkiniten hinüberführte. Dies hat auch dann seine Richtigkeit, wenn, wie wir oben angenommen haben, die Schlusspartie der zweiten Bearbeitung angehört; denn auch da gab es kein Gemeinsames zwischen der Grundidee der Dichtung und diesem wunderlichen Ausgang. Was ist nun von diesem hors d'oeuvre, denn als ein solches muss die Schlussscene trotz der vertheidigenden Worte Richters (zu v. 1474 in seiner Ausgabe) betrachtet werden, zu halten? Um es gleich herauszusagen, wir haben hier diejenige Form eines Schlusses, welche die Alten mit dem Ausdruck ἐπεισόδιον bezeichnet haben. Ἐπεισόδιον bedeutet in der Komödie etwas ganz anderes, als in der Tragödie; hier versteht man bekanntlich darunter denjenigen Teil des Stückes, der zwischen je 2 Chorgesängen liegt, und so haben es auch einige Schriftsteller fälschlich von der Komödie ausgelegt. Siehe bei Meineke, hist. comic. II 2 p. 1240: ἐπεισόδιον δέ ἐcτι μέρος μεταξὺ μελῶν καὶ ῥήcεων δύο χοροῦ; ebend. II 2 p. 1250: ἐπεισόδιόν ἐcτι μεταξὺ δύο χορικῶν μελῶν. Was ἐπεισόδιον eigentlich ist und bedeutet, erfahren wir aus einer sehr instruktiven Stelle (Bekk. Anecd. p. 253, 19): „ἐπεισόδιον κυρίως μὲν τὸ ἐν τῇ κωμῳδίᾳ ἐπιφερόμενον τῷ δράματι γέλωτος χάριν ἔξω τῆς ὑποθέςεως, καταχρηστικῶς δὲ ἁπλῶς τὸ ἐξαγώνιον δρᾶμα." Dies bringt Licht in die Sache. Man versteht also unter ἐπεισόδιον einen lustigen Schlussauftritt, dem eigentlichen Kerne des Stückes zur Kurzweil und Erlustigung (γέλωτος χάριν) angefügt (ἐπιφερόμενον), eine Art von poetischem Kehraus, der aber ausserhalb der Idee der Dichtung steht (ἔξω τῆς ὑποθέςεως). Eine Bestätigung dieser Definition gibt eine Stelle aus der Komödie Philothytes des Metagenes (Meineke, hist. crit. comic. p. 756:

κατ' ἐπεισόδιον μεταβάλλω τὸν λόγον ὡς ἂν
καιναῖς παροψίcι καὶ πολλαῖς εὐωχήcω τὸ θέατρον.

Von einer zweiten Stelle aus der Pytine des Kratinus frg. XIII bei Meineke, a. a. O. II 1 S. 125 glauben wir absehen zu müssen, weil hier das entscheidende Wort (γράφ' αὐτὸν ἐν ἐπεισοδίῳ) von der Kritik angefochten worden ist. (Fritzsche schreibt Ἐπειοδίῳ Quaest. Aristoph. p. 280, Bergk, de Reliquiis com. attic. p. 206 will „ἐν ἐπεισίῳ".) Indes reichen die beiden anderen Stellen vollkommen aus, um die Bedeutung des Wortes ἐπεισόδιον festzustellen. Nach alle dem kann es nicht mehr zweifelhaft sein, dass der Schlussauftritt der Wespen ein solches ἐπεισόδιον ist: die Verspottung der Karkiniten ist ein Schwank ausserhalb der eigentlichen Komödie, also so recht ἔξω τῆς ὑποθέςεως, Zweck derselben ist, dem Stücke einen besonders lustigen Ausgang zu geben (γέλωτος χάριν), womit übereinstimmt der Wortlaut der Hypothesis: ὁ δὲ γέρων πρὸς αὐλὸν καὶ ὄρχηcιν τρέπεται καὶ γελωτοποιεῖ τὸ δρᾶμα, und wenn sich aus der angeführten Stelle des Metagenes ergibt, dass die Dichter in diesem Schlussstücke gern neue, überraschende Einfälle vorbrachten (καιναῖc παροψίcιν), so trifft auch dieses Merkmal bei den Wespen zu, wie die letzten Verse derselben sattsam zeigen:

τοῦτο γὰρ οὐδείc πω πάροc δέδρακεν,
ὀρχούμενον ὅcτιc ἀπήλλαξεν χορὸν τρυγῳδῶν.